AF145963

„Den Reinen ist alles rein; den Unreinen aber und
Ungläubigen ist nichts rein, sondern unrein ist beides, ihr
Sinn und ihr Gewissen."
Die Bibel – Paulus von Tarsus, Brief an Titus 1,15

Prolog

Das Licht in dem kleinen Raum ist schummrig, die
Glühbirne verbreitet nur einen schwachen Strahl. Doch es
stört ihn nicht, er sieht genug.
Er kämmt die Haare der jungen Frau, die vor ihm liegt.
Immer wieder streicht er mit seiner Hand über ihre Stirn
und ihren Nasenrücken. Das Gesicht der Frau ist sehr
schön, die Haut noch jung, der Körper noch straff. Doch
jetzt ist er nur noch eine leblose Hülle, das Innere, die
Seele, ent-schwunden.
Er hat den Körper nochmals gewaschen, die Schlammreste
von Haut und unter den Finger- und Fußnägeln entfernt.
Hätte der Körper eine gesunde Hautfarbe, könnte man fast
meinen, dass sie nur schlafen würde. Doch die Haut ist
bereits aschfahl, erste Verfärbungen zeigen sich. Die
Verwesung hatte bereits begonnen.
Er kämmt nochmals ihr langes blondes Haar und legt den
Kamm beiseite. Behutsam beginnt er, sie in die
Plastikhülle einzuwickeln. Der Frauenkörper ist sehr
schlank und er hat kräftige Arme, doch das tote Gewicht
macht ihm zu schaffen. Er bindet eine Schnur um den
Plastiksack und trägt den leblosen Körper aus dem Raum.

Im Hinterhof des Gebäudes steht sein Auto, ein kleiner Lieferwagen. Die Tür steht bereits offen. Er legt den Körper behutsam in den hinteren Teil des Wagens und schließt die Autotür. Dann geht er zurück und löscht das Licht in dem Schuppen, verriegelt die Tür mit einem stabilen Vorhängeschloss und steigt in den Wagen. Es ist kurz vor zwei Uhr morgens. Die Straßen sind dunkel, doch er kennt die Gegend ganz genau. Als er die Leiche ablegt, bückt er sich nochmals nach unten und flüstert ihr etwas zu, so als ob sie ihn unter der Plastikhülle hören könnte. Dann tritt er einige Schritte zurück und steht Sekunden still: er lauscht, kann aber nur ferne Geräusche ausmachen. Er geht zurück zu seinem Wagen und fährt los. Auf seinem Gesicht ist ein Lächeln.

Er fährt hinaus in die Nacht, weg aus der Stadt, noch weiter hinaus. Die Lichter seines Autos werfen nur einen kleinen Kegel auf die Straße, die von Bäumen gesäumt ist, die groß und mit dicken Stämmen eine fast beklemmende Atmosphäre schaffen. Links von ihm kann er den Fluss erkennen, in dem sich das Licht des Mondes spiegelte. Er hält den Wagen an und steigt aus. Die eiskalte Luft einer Winternacht strömt in seine Lungen, ein eisiger Hauch, der sich auch um seinen Hals legt. Er zieht den Reißverschluss seiner dicken Steppjacke fester zu und öffnet die Schiebetür seines Lieferwagens. Der leblose Körper, fest eingewickelt in der Plastikhülle, ist nur schemenhaft erkennbar. Er packt die Hülle an den Seiten und zieht mit aller Kraft. Sie lässt sich nur schwer bewegen. Durch die

Anstrengung atmet er schwer, die kalte Luft schmerzt fast. Er schiebt jetzt seine Arme unter den Körper und hebt ihn hoch, trägt ihn hinunter zum Fluss. Er kann nur langsam und vorsichtig gehen, der Boden ist steinhart durch den kalten Frost, der seit einigen Wochen das Land überzieht. Durch die Anstrengung durchzieht Wärme seinen Körper und er spürt, wie seine Wangen erröten. Als er am Flussufer angekommen ist, legt er behutsam den Körper auf den Boden. Der Fluss ist nicht gefroren und er lauscht dem Rauschen des Wassers. Der Himmel über ihm ist sternenklar und für einen Moment hält er inne, berauscht von der Schönheit des Firmaments. Dann widmet er sich wieder seiner Aufgabe und platziert sein Opfer am Ufer. Er möchte nicht, dass der Fluss seine Arbeit zunichte macht, er will sein Werk erhalten. Er stellt sicher, dass der Körper nicht weggeschwemmt werden kann. Nachdem er fertig ist, steht er auf und betrachtet seine Arbeit. Er ist zufrieden.

Bevor er wieder in seinen Wagen steigt, dreht er sich nochmals um. Ein Frösteln breitet sich in ihm aus, als er daran denken muss, in welcher Kälte er die Frau zurücklässt, deren Schönheit und Natürlichkeit ihn von Anfang an gefangen genommen hat. Er läuft wieder zurück zum Flussufer, bleibt aber auf halbem Wege stehen. Die Kälte hat ihn jetzt vollständig eingenommen, seinen Muskeln fangen an zu zittern und er hört seine Zähne klappern. Er will gerade umdrehen, um nach Hause zu fahren, als ihn eine Bewegung irritiert. Zuerst glaubt er, es ist das Mondlicht, doch jetzt kann er es sehen – die Hülle öffnet sich. Zentimeter für Zentimeter schiebt sie sich nach unten, er kann jetzt im Mondlicht den oberen Schädel der Frau sehen, dann erscheint ein Gesicht, die Hände beginnen, die Hülle zu zerreißen, Stück für Stück, bis der nackte Körper vor ihm liegt. Sie ist so bleich, fast wie Schnee, und der Mondschein wird von der weißen Haut reflektiert. Sie dreht sich zur Seite und richtet sich ungelenk auf, ihre Bewegungen sind stockend. Und als sie auf ihren Beinen steht, die Hüfte unnatürlich verdreht, die Arme gebeugt und die Finger gespreizt, so als ob sie Krämpfe hätte, hebt sie ihren Kopf und öffnet ihr Augen – so bleich und wässrig wie ihre Haut. Sie sieht in an, hebt den Arm und zeigt mit einem verkrümmten Finger auf ihn. Sie kommt auf ihn zu, einen Fuß vor den anderen setzend, in stockenden Bewegungen, wie ein Unfallopfer, das wieder laufen lernen muss. Er steht zuerst da, betrachtet starr vor Schreck, was sich vor ihm unter dem Firmament abspielt. Er will seine Beine bewegen, aber sie gehorchen nicht, sind wie Blei. Doch er schafft es, Schritt für Schritt rückwärts zu gehen, sich anschließend umzudrehen und zum Wagen zu rennen. Als er ankommt, öffnet er mit einem harten Ruck die Fahrertür. Er steigt hastig in sein Auto und schließt die Autotür. Er muss sich zwingen, nochmals hinzusehen, hinunter zum Fluss. Er hat Angst vor dem, was er erblicken könnte, doch er muss sicher gehen. Sein Atem geht schnell, doch jetzt atmet er wieder tiefer. Die Leiche liegt, eingehüllt in eine Plastikhülle am Flussufer. Die Vision ist vorbei.

Er muss sich zwingen, besonnen und nicht zu schnell zu fahren, Ruhe zu bewahren. Der Schweiß sammelt sich auf seiner Stirn und auf seiner Kopfhaut, seine grauen Haare sind durchnässt. Er atmet jetzt aber ruhiger. Es war das erste Mal für ihn, dass er eine Seele befreite. Die Vision war keine Strafe, sondern eine Erkenntnis, davon ist er überzeugt. Er hat die Frau sorgfältig ausgewählt, sie lange beobachtet, hat immer wieder zufällige Treffen arrangiert, so dass sie sich an ihn gewöhnen konnte. Und sie hat ihm vertraut, war ihm freiwillig und sorglos gefolgt. Ihre natürliche und erfrischende Art hatte es ihm schwer gemacht, sie schließlich auszuwählen. Doch es kam letztendlich darauf an, was sie tat. Und ihre Taten waren gegen das Gesetz. Er hatte richtig gehandelt. Die Vision hatte ihm gezeigt, wovor er sie bewahrt hatte.

Als er zuhause ankommt legt er sofort seine Kleidung ab und geht in das kleine Badezimmer, wo er Wasser in das Waschbecken einlässt und sich mit einem Waschlappen und Seife lange und gründlich wäscht. Danach zieht er sich ein T-Shirt und Shorts an und legt sich ins Bett. Doch er schläft nicht, sondern starrt in der Dunkelheit an die Decke und wagt nicht, seine Augen zu schließen. Er möchte sie nicht schließen – denn sonst würden die Bilder wieder zurückkommen, bleiche wässrige Augen, die ihn ansehen, bleiche Finger, die auf ihn zeigen. Er legt sich auf die Seite und krümmt sich zusammen. So bleibt er lange Zeit liegen, lauscht auf jedes Geräusch – genauso war es auch, als er auf seinem Bett in seiner Zelle wachlag. Er weiß, dass er jetzt nicht schlafen kann, so beginnt er zu beten.

1.

Sabine Beckmann ließ die heißen Wasserstrahlen über ihren Körper gleiten. Sie legte den Kopf in den Nacken und genoss die sanfte Wärme, die aus dem Duschkopf kam, an ihrem Körper. Es war bereits später Morgen und während draußen der kalte Frost die Welt in seinem Griff hatte, beobachtete sie, wie der Wasserdampf die Duschkabine beschlug.

Sie stellte das Wasser ab und nahm das große Duschhandtuch, das neben der Kabine hing. Während sie sich abtrocknete, hörte sie durch die Badetür ein seltsames Gepolter.

Sie schlang das Handtuch um ihren Körper und ging vom Bad den Flug entlang ins Wohnzimmer. Ihre Mutter hatte begonnen, Bücher aus dem Regal zu räumen. Sie lagen auf dem Laminatboden verstreut oder waren aufgestapelt. Ihre Mutter bückte sich und richtete sich immer wieder auf, holte weitere Bücher aus dem Regal, das jetzt fast leer stand. Sie arbeitete schnell und schien vollkommen in ihre Arbeit vertieft. Sabine lief zu ihrer Mutter und berührte sie sanft am Arm. Erst jetzt bemerkte sie die Anwesenheit ihrer Tochter. Sie sah sie an, zuerst erstaunt, dann verwirrt. Sie hatte wohl nicht erwartet, ihre Tochter eingewickelt im Duschhandtuch zu sehen. Doch bevor sie etwas sagen konnte, kam ihr Sabine zuvor.

„Wieso räumst du meine Bücher aus dem Regal?" Ihre

Mutter sah sie etwas ungläubig an. „Na, ich wollte sauber machen, was denkst du denn? Du hast doch keine Zeit mit deiner Arbeit. Die ganzen Schränke müssen einmal abgestaubt werden und in den Ecken hat sich auch schon eine Menge Dreck angesammelt." Heidi Beckmann drehte sich um ihre eigene Achse und zeigte in alle Ecken des Raumes. Sie legte den Kopf zur Seite. „Du weißt doch, dass mir das nichts ausmacht."
Sabine atmete tief durch. Ihre Mutter lebte erst seit dem vergangenen Wochenende bei ihr und sie hatte sich noch nicht an ihre Anwesenheit gewöhnen können. Sabine öffnete den Mund, um etwas zu sagen, schloss ihn aber wieder und drehte sich um. Ihre Mutter sah ihr nach, nahm das Staubtuch, um die Regale zu säubern, hielt aber inne. Irgendetwas hatte sie gesehen. Sie drehte sich nochmals zu ihrer Tochter: „Was hast du da auf dem Rücken." Sabine bemerkte sofort die aufsteigende Wärme. Ihre Wangen wurden rot. Ihre Mutter hatte natürlich keine Ahnung. Sie senkte den Kopf, drehte sich um, das Handtuch noch mit eine Hand haltend und lächelte unsicher: „Das ist ein Tattoo." Heidi zog ihre Augenbrauen zusammen. „Eine Tätowierung? Aber das bekommst du doch nie wieder weg." Sabine verdrehte ihre Augen. „Mama – das ist der Sinn einer Tätowierung." Heidi schüttelte den Kopf und wollte sich wieder ihrer Arbeit widmen. Doch sie war neugierig und legte das Staubtuch zur Seite. Sie ging auf Sabine zu und blieb vor ihr stehen, legte ihre Hand auf die Schulter und drehte sie zur Seite, so dass sie sich das Tattoo nochmals ansehen konnte: ein grünes Insekt, das

auf seinen Hinterbeinen stand. „Warum lässt du dir einen Grashüpfer tätowieren?" Sabine lachte jetzt, fast befreit. Ihre Mutter hatte schon immer einen guten Humor. „Das ist kein Grashüpfer, sondern eine Gottesanbeterin." Heidi Beckmann war keine ungebildete Frau. Und sie begriff sofort, warum sich ihre Tochter dieses Motiv auf dem Schulterblatt hatte tätowieren lassen. „Sie frisst das Männchen nach der Paarung auf, nicht wahr?" Sabine nickte. Heidi grinste fast verschmitzt, sagte aber nichts. Sie ging zurück zum Wohnzimmerregal und begann, die feine Staubschicht zu entfernen.

2.
Es war etwas besonderes, 40 Jahre verheiratet zu sein ist in einer Zeit, in der fast jede zweite Ehe geschieden wird. Michael und Rosemarie Krämer waren sich ihrem Glück mehr als bewusst, als sie ihren Hochzeitstag feierten. Ihre Kinder hatten ihnen zu diesem besonderen Anlass ein Wochenende in einem 4-Sterne-Landhotel geschenkt, das am Wald gelegen war und in dem sie seit zwei Tagen residierten.
Beide waren noch keine zwanzig, als sie sich vor über 42 Jahren kennen lernten – und es war Liebe auf den ersten Blick gewesen.
Michael und Rosemarie hatten alle Höhen und Tiefen einer Ehe erlebt, doch ihre Liebe war nie vergangen. Und sie sahen es als besonderes Glück an, dass sie jetzt noch, beide über 60, diesen Tag in Harmonie verbrachten.
Eigentlich wollten sie das Wochenende bei ihren Kindern

und Enkelkindern verbringen, doch sie wussten auch, dass die Zeit zu zweit sehr wichtig war. Jetzt, da ihre Kinder selbst Familie hatten und deren Kinder bereits aus dem Gröbsten herausgewachsen waren, konnten sie wieder mehr Zeit alleine verbringen.

Es war später Vormittag an diesem kalten Wintermorgen. Die Sonne stand bereits hoch und der Himmel war strahlend blau. Zuvor waren sie Schwimmen gewesen im hoteleigenen Schwimmbad und hatten sich ein herzhaftes Frühstück gegönnt. Jetzt schlenderten sie – nicht weit vom Hotel entfernt - am Fluss entlang und genossen den kalten Wintertag. Beide zogen ihren Schal eng um den Hals und gingen Schulter an Schulter die Promenade entlang. Irgendwann nahm Michael seine Rosemarie an der Hand und führte sie hinunter zum Flussufer. Da beide immer noch sportlich sehr aktiv waren und regelmäßige Spaziergänge unternahmen, bereitete es ihnen keine Probleme auf dem unwegsamen Gelände. Der Boden war gefroren und trocken und beide hatten dicke Winterstiefel mit Gummisohlen angezogen.

Während sie so schlenderten, ließ Rosemarie ihren Blick über die wunderschöne Winterlandschaft schweifen. Es lag kaum Schnee, doch der starke Frost hatte ein ganz besonderes Naturbild geschaffen. Kleine Kristalle glänzten im Sonnenlicht wie Diamanten und es war, als ob die Welt für einen Moment still stehen würde.

Auf einmal blieb sie stehen und blickte nach vorn. Die Sonne blendete sie, so dass sie zuerst nicht richtig erkannte, was aus dem Fluss ragte. Sie hob ihre Hand schützend über ihre Augen. Michael blieb ebenfalls stehen und beobachtete sie, so wie er es immer tat, wenn er glaubte, dass sie es nicht bemerkte. Seine Frau zog ihre Stirn in Falten und Michael fiel auf, dass sie ihren Blick auf etwas fokussiert hatte. Er blickte ebenfalls nach vorne und sah den Plastiksack, der am Flussufer lag. Sie gingen weiter hinunter zum Ufer, um zu sehen, was sie zuerst als Müllsack vermuteten. Da sie beide die Natur sehr liebten und sich, wann immer es möglich war, draußen aufhielten, verärgerte sie das unachtsame Verhalten mancher Menschen, einfach ihren Müll irgendwo in der Landschaft abzuladen.

Vor dem Plastiksack ging Michael in die Knie, um zu sehen, was sich darin befand. Plötzlich schreckte er auf, so als ob er einen Stromschlag bekommen hätte. Rosemarie richtete ihren Blick auf etwas, dass sie zuerst nicht deuten konnte. Die Erkenntnis nahm beiden ihren Atem, als sie den blau verfärbten Unterarm sahen, der aus dem Plastiksack hervorragte.

Kommissarin Sabine Beckmann arbeitete jetzt bereits einige Jahre für die Mordkommission, doch sie war nicht abgebrüht. Jeder Einsatz hinterließ bei ihr seine Spuren. Ihr Magen zog sich zusammen, als sie und ihr Assistent, Thomas Metzger, vor der verhüllten Wasserleiche knieten. Sie waren sofort informiert worden, als der Anruf Michael Krämers bei der Polizei einging. Da der Fundort einige Kilometer außerhalb auf dem Land lag, brauchten Sie einige Zeit, bis sie am Tatort eintrafen. Die örtliche Polizei war nicht untätig gewesen und hatte das Gelände bereits abgeriegelt. Die Spurensicherung war ebenfalls kurz vorher eingetroffen und hatte damit begonnen, den Tatort zu inspizieren und nach Hinweisen des Täters zu suchen. Sabine war sofort, als sie eintraf, das ältere Ehepaar aufgefallen, das bleich und betroffen in einem Polizeibus saß. Während die beiden bereits von den Beamten versorgt wurden, ging sie mit Thomas an dem Bus vorbei, hinunter zum Flussufer, wo die Leiche gefunden wurde.

Jetzt betrachtete Sabine mit einer Mischung aus Gefühlen wie Wut, Trauer und Melancholie die Leiche, die größtenteils noch von der Plastikhülle verdeckt wurde. Sie schob vorsichtig die Hülle etwas zurück. Zum Vorschein kam das ebenmäßige Gesicht einer Frau, die höchstens Mitte dreißig gewesen sein musste.

Thomas kniete still neben seiner Kollegin und ließ das Bild des Tatorts auf sie wirken. Sabine erhob sich, wobei ihre Knie ein seltsames knackendes Geräusch von sich gaben und sah hinauf zur Promenade.

„Hast du die beiden im Polizeibus gesehen? Es tut mir sehr leid für sie, dass sie so etwas sehen mussten."

Sabine blickte wieder auf den Plastiksack. „Wir lassen die Leiche in die Gerichtsmedizin bringen. Die Spurensicherung wird hier noch einiges zu tun haben."

Sabine und Thomas gingen langsam das Flussufer hinauf, immer den Blick schweifend, das Gelände absuchend. Als sie bei dem Polizeibus ankamen, bat sie die Beamten, kurz den Wagen zu verlassen. Thomas blieb wartend davor stehen.

Sabine setzte sich zu den beiden. Sie konnte sehen, dass Rosemarie Krämer geweint hatte. Michael hatte seiner Frau den Arm um die Schulter gelegt und hielt sie fest. Auch er hatte Tränen in den Augen. „Wir hatten unseren 40. Hochzeitstag. Morgen früh wollten wir wieder nach Hause fahren. Unsere Kinder haben uns das Wochenende mit Hotelaufenthalt geschenkt. Wir sind in dem nahe gelegenen Landhotel untergebracht," er nickte in eine Richtung, „... sehr schönes Hotel, ja." Er senkte wieder den Kopf.

Sabine hörte zu, ohne etwas zu sagen. Diesen Hochzeitstag werden sie bestimmt nie wieder vergessen. „Ich werde dafür sorgen, dass man sie gleich zum Hotel zurückfahren wird. So weit ich weiß, haben die Beamten ihre Aussage bereits aufgenommen. Es kann sein, dass wir vielleicht noch einige Frage haben, aber ich denke, dass Sie morgen nach Hause fahren können." Sabine legte ihre Hand auf die von Rosemarie. Sie war eisig kalt. Dann stieg Sabine wieder aus dem Bus. Sie lief zu ihrem Auto, Thomas folgte ihr. Sabine öffnete die Autotür und drehte sich zu ihrem Kollegen um: „Du bleibst hier und begutachtest das Gelände. Wahrscheinlich wurde die Leiche hier abgelegt und nicht angeschwemmt. Vielleicht findet ihr Reifen- oder Fußabdrücke, wobei das unwahrscheinlich ist. Der Boden ist gefroren und steinhart." Sabine sah nochmals hinunter zum Flussufer. Die Leiche wurde gerade von zwei Männern in einen Leichensack gelegt, den sie mit einem Reiseverschluss zuzogen. Daneben stand ein Sarg, in dem die Leiche in die

Gerichtsmedizin transportiert werde sollte. Sabine stand für einen kurzen Moment still, ihren Arm auf der geöffneten Autotür, so als ob sie Halt brauchte. Dann schüttelte sie das Bild ab und wandte sich wieder Thomas zu. „Meine Mutter wohnt wieder seit einiger Zeit bei mir. Ich muss nach Hause fahren und sichergehen, dass alles in Ordnung ist." Sabine konnte sehen, wie Michael eine Augenbraue leicht nach oben zog, doch er sagte nichts.

3.
Als Sabine die Tür zu ihrer Wohnung öffnete, ahnte sie nicht, was sie erwarten würde. Sie trat in den Flur und ging direkt ins Wohnzimmer. Als sie heute morgen die Wohnung verlassen hatte, war, bis auf die ausgeräumten Bücher, alles an seinem angestammten Platz. Jetzt standen die Couchgarnitur, der Couchtisch und der Sessel quer im Zimmer. Sabines Mutter Heidi stand gerade gebückt in der Ecke und holte einer der Zimmerpflanzen aus dem Topf. Sie drehte sich um und sah ihre Tochter wie erstarrt im Wohnzimmer stehen.
„Die Pflanze muss dringend umgetopft werden. Die Wurzeln brauchen Platz zum Wachsen." Sie lächelte, drehte sich wieder um und hob die Pflanze, eine kleine Palme, aus dem Topf und legte sie beiseite. Die Blumenerde auf dem Boden schien sie nicht zu stören. Doch dann stockte sie und sah auf den Topf, dann wieder auf die Palme am Boden. Sie fing an zu lachen und drehte sich wieder zu Sabine um, die sich noch keinen Millimeter gerührt hatte. „Ich sollte vorher einen anderen Topf und

Blumenerde besorgen, was meinst du? Komm, wie gehen einkaufen..."

Sabine ging langsam zu ihrer Mutter und legte ihr die Hand auf den Rücken. Heidi drehte sich um, sah ihre Tochter an und bemerkte, dass sie etwas falsch gemacht hatte. Unsicher lächelte sie. Sabine schob ihre Hand unter den Arm ihrer Mutter und führte sie zum Sofa, dass quer im Zimmer stand. „Mama, komm setz' dich erstmal. Ich mach uns einen Kaffee, okay?" Ihre Mutter lächelte unsicher und nickte.

Sabine setzte die Palme wieder in den Topf und ging in die Küche, in der sich Gott sei Dank ihre Mutter noch nicht ausgetobt hatte. Sie ließ zwei Tassen Kaffee durchlaufen und ging zurück in das Wohnzimmer, stellte die beiden Tassen auf den Couchtisch, den sie an das Sofa heranzog und holte noch Milch und Zucker. Dann setzte sie sich zu ihrer Mutter und nippte an ihrer Kaffeetasse.

Sie versuchte, einen Gedanken zu verdrängen, doch er trat immer wieder in den Vordergrund: meine Wohnung, mein Staub, meine Unordnung...keiner hatte das Recht, ihre Sachen umzuräumen geschweige denn, in ihren Schubladen herumzuschnüffeln. Sabine atmete tief durch, und auf einmal erschien ein anderes Bild in ihrem Kopf: eine junge Frau mit einem ebenmäßigen Gesicht, die nie wieder ihre Augen aufschlagen würde.

4.

Thomas saß bereits in seinem Büro, als Sabine eintrat. Ihr Blick verhieß nichts Gutes. Er sah ihr zu, wie sie langsam durch den Raum zu ihrem Schreibtisch ging.

„Du meine Güte, was ist denn passiert?"

Sabine setzte sich in ihren Schreibtisch und legte den Kopf in ihre Hände. „Thomas, ich weiß nicht mehr, was ich machen soll. Meine Mutter lebt seit vergangenem Wochenende bei mir."

„Das muss doch nicht so schlimm sein. Es ist doch nur vorübergehend, oder?"

Sabine sah aus ihrem Fenster in den Hof des Polizeireviers, wo einige Einsatzfahrzeuge standen. Sie hätte gerne ein Büro auf der anderen Seite des Flurs gehabt, mit Blick auf einen kleinen Park, aber hierzu fehlten ihr wohl noch einige Dienstjahre. So kam es ihr jedenfalls vor.

„Meine Mutter leidet an Demenz, und in den letzten Wochen ist es besonders schlimm geworden." Sie erzählte von der Aufräumaktion ihrer Mutter am Vormittag. Jedoch musste sich Sabine selbst eingestehen, dass diese Aktion nicht unbedingt verärgerte. Es war mehr eine Art Hilflosigkeit, mit der sie nicht umgehen konnte.

„Sie vergisst Dinge. Ihr fällt etwas ein, beginnt mit irgendwelchen Aktionen," Sabine fuchtelte mit den Händen in der Luft herum, „und vergisst dann weiterzumachen. Bei mir zu Hause herrscht das reine Chaos, heute Abend muss ich mein Wohnzimmer wieder aufräumen und wer weiß, was sie heute Nachmittag alles anstellen wird." Sabine machte mit ihren Händen das Zeichen für „Time out" und überblickte kurz die Unterlagen auf ihrem Schreibtisch. „Lass uns über etwas

anderes sprechen. Was hast du bisher herausgefunden?"
„Die Pathologin obduziert zurzeit die Leiche. Sobald sie fertig ist, gibt sie uns Bescheid. Was die Spuren am Tatort angeht hast du Recht gehabt. Durch den fest gefrorenen Boden gibt es keinerlei Abdrücke. Da die Plastikhülle relativ gut erhalten war, glauben wir, dass die Leiche in der Nacht zuvor am Fundort abgelegt worden ist – und nicht angespült wurde."
„Was ist mit dem Ehepaar, dass das Opfer gefunden hat?"
„Wir haben sie zum Hotel zurückgefahren. Sie reisen sofort ab. Ihr Wohnort ist nicht allzuweit entfernt."
Thomas stand auf und reichte Sabine die Hand. „Hast du Hunger?"

Als sie nach dem Essen ins Büro zurückkehrten, lag bereits eine Nachricht der Gerichtsmedizinerin auf dem Schreibtisch.

Dr. Karin Weigelt arbeitet bereits seit vielen Jahren für die Gerichtsmedizin. Sie war eine Frau mittleren Alters, die genug Erfahrung hatte, um mit dem Tod und den Zeichen der Gewalt, die sie tagtäglich zu sehen bekam, umgehen zu können. Ihr Haar war kurz geschnitten und nicht gefärbt. Graue Strähnen zogen sich durch ihr ehemals schwarzes Haar. Ihre braunen Augen waren lebhaft, aber auch durchdringend. Sie war eine attraktive Frau, seit kurzer Zeit geschieden und es gab, wenn man Thomas Glauben schenken konnte, genügend Männer unter den Polizeibeamten, die sie gerne einmal zu einem Abendessen einladen würden. Und jetzt in dem abgeschirmten Raum der Pathologie war sie ganz und gar in ihrem Element, in ihrer Welt, in der eine Amour Fou absolut nichts zu suchen hatte.

Die Tote lag auf dem Seziertisch. Dr Weigelt hatte ihr ein Tuch über ihren Körper gelegt, um ihre Würde zu wahren. Sie behandelte die Toten mit sehr viel Respekt, was Sabine sehr schätzte. Sie standen an der Seite des Tisches, Dr. Weigelt hatte ihre Hände aufgelegt und sah mit einem bedauernden Blick hinunter zur Leiche.

„Die Tote ist ertrunken."

„Das war wohl offensichtlich", warf Thomas mit einem etwas zu sarkastischem Unterton ein. Dr. Weigelts Blick ließ ihn aber erkennen, dass es jedoch nicht so offensichtlich war.

„Es wäre schön, wenn sie mich nicht unterbrechen würden." In diesem Moment konnte Thomas verstehen, warum viele Männer reifere Frauen umwerfend fanden. Die resolute, aber auch intelligente und souveräne Art der Pathologin gefiel im. In seinen Kopf drängten sich schmutzige Gedanken.

„Die Tote ist ertrunken, aber nicht im Fluss."

„Wie kann man das feststellen?" warf Sabine ein.

„Wenn ein Mensch in Gewässern ertrinkt, sammelt sich auch Dreck am Körper an, zum Beispiel unter den Fingern- und Fußnägeln. Die Tote ist nach ihrem Tod sorgfältig gewaschen worden. Ihr Körper zeigt keinerlei Verschmutzungen auf. Das Haar wurde nochmals gekämmt, die Nägel gereinigt, an Händen wie an Füßen.

Was man allerdings nicht wegwaschen kann sind die Striemen an Hand- und Fußgelenken. Das heißt, dass die Tote gefesselt war, als sie jemand ertränkte. Vielleicht hing sogar ein Gewicht an den Füßen. Das würde auch erklären, warum die Striemen an den Fußgelenken sehr tief sind." Dr. Weigelt schlug das Tuch an den Füßen zurück und zeigte die Hautstriemen, die sich tiefrot auf der blassen, fast bläulichen Haut abzeichneten.

Weitere Anzeichen von Gewalt gab es nicht, weder blaue Flecken, die von Schlägen herrühren könnten, noch Einstiche. Was jedoch weit mehr interessant war, war eine ein kleine Plastikkapsel, die Dr. Weigelt jetzt in ihrer Hand hielt. Sie war kaum größer als ein Behälter für Bleistiftminen. Sabine trat näher heran und kniff die Augen zusammen. „Was ist das?"

„Das", Dr. Weigelt wedelte kurz mit der Hülle „war in ihren Körper eingepflanzt."

„Eingepflanzt?"

„Ja, eingepflanzt. Es wurde post mortem vorgenommen."

„Und wo hatte der Täter dieses...Ding eingepflanzt?"

„In ihren Brustkorb, in der Nähe ihres Herzens."

Sabine ging zu einem Sideboard und holte zwei Einweghandschuhe aus dem Spender. Sie zog die Handschuhe über und nahm Dr. Weigelt den kleinen Plastikbehälter aus der Hand.

„Haben sie ihn geöffnet?"

„Ja, natürlich." Dr. Weigelt nahm eine Schale von einem Beistelltisch. Darin befand sich ein kleines Stück Papier. „Wenn ich es richtig erkenne, handelt es sich um

Pergament."

Sabine sah in die Schale und nahm das kleine zusammengerollte Stück Papier heraus. Als sie es aufrollte, konnte sie zwei Worte in kleinen, sauber und mit Tinte geschriebenen Buchstaben erkennen. *Malleus Malificarum.* Sabine sah auf, blickte Dr. Weigelt an und danach Thomas. Dann sah sie wieder auf das Stück Papier in ihren Händen. Beide blickten wiederum Sabine an und es herrschte Ratlosigkeit.

„Können Sie Latein, Frau Doktor?"

„Ja, aber mein Latein beschränkt sich auf meine Arbeit." Sabine und Thomas betrachten die beiden Wörter, die Ihnen wie eine Botschaft auf einer fremden Welt vorkamen. Währenddessen ging Dr. Weigelt zu ihrem Laptop, der auf einem kleinen Sideboard abgestellt war und gab die beiden Wörter in das Internet-Suchprogramm ein. Es dauerte keine fünf Sekunden, bis sich die Ärztin wieder an Sabine und Thomas wandte.

„Sie Sie katholisch, Frau Kommissarin?" Die Ärztin hatte eine Hand in die Hüfte gestemmt und blickte Sabine mit einem Blick an der sagen wollte: *ich weiß etwas, was du nicht weißt.* Sabine, die noch immer das kleine Stück Pergament in den Händen hielt, konnte nicht folgen. Dr. Weigelt winkte sie heran und zeigte mit dem Finger auf den Bildschirm, auf das, was der Computer gefunden hatte: **„Der Hexenhammer".**

5.

Die Wohnung, in der er lebt, ist klein und schmucklos. Ein

wenige Möbel standen im Wohnzimmer, ein Sofa, Tisch und ein kleines Sideboard, auf dem der Fernseher stand. Das Schlafzimmer hatte nur ein kleines Einzelbett und einen Schrank, in dem einige Kleidungsstücke untergebracht waren.

Weder ein Bild hing an der Wand, noch waren Pflanzen oder andere Einrichtungsgegenstände in der Wohnung verteilt, das eine wohnliche Atmosphäre schaffen würde. Er verzichtet absichtlich darauf, um sich auf das Wesentliche zu konzentrieren. Wenn er aus dem Fenster im Wohnzimmer blickt, sieht er nur graue Hochhäuser mit ähnlichen Sozialwohnungen, so wie er in einer lebte.

Er hat in dieser Nacht kaum geschlafen. Immer wieder sieht er die junge Frau vor sich, wie sie vor ihm liegt, ihr Gesicht bleich, fast elfengleich, die blonden Haare zurückgekämmt. Es ist, als ob sie schläft. Er streichelt ihr Haar und kann seinen Blick nicht von ihr abwenden. So sieht er sie lange an.

Sie reißt die Augen auf und starrt ihm ins Gesicht, zwei blasse wässrige Augen. Ihre Hand greift sein Handgelenk, fest und schmerzhaft. Er kann sich nicht von ihr lösen, so sehr er es auch versucht. Die Nägel ihrer bläulich verfärbten Finger bohren sich in sein Fleisch. Er öffnet den Mund und schreit, doch kein Laut kommt über seine Lippen, egal wie sehr er die Luft aus seinen Lungen presst. Und dann wacht er auf, liegt schweißüberströmt auf seinem Sofa. Er hatte wieder diese Vision, sie verfolgt ihn. Nicht einmal im Sekundenschlaf lässt sie ihn in Ruhe. Dunkle Ringe bilden sich bereits unter seinen Augen, da er versucht, wach zu bleiben.

Er krümmt auf dem Sofa zusammen wie ein Fötus im Mutterleib. So bleibt er lange liegen und hält krampfhaft die Augen offen.

6.

Heidi Beckmann wusste, dass etwas mit ihr nicht stimmte. Immer öfters vergaß sie, wo sie Dinge hinlegte, was sie eigentlich gerade unternehmen wollte, was sie einkaufen wollte, wenn sie im Supermarkt stand. Ihre Tochter Sabine hatte sich bereit erklärt, sie bei sich zu Hause aufzunehmen, jetzt, nachdem ihr Mann und Sabines Vater gestorben war. Für sei beide war der Verlust sehr schmerzhaft gewesen und es schien ihnen sinnvoll, zusammen zu ziehen, obwohl Heidi wusste, dass es für ihre Tochter sehr schwierig war, sich um sie zu kümmern. Doch die Hürden waren größer, als sie beide es vermutet hätten.

Heidi hatte sich gefreut, dass Sabine jetzt mit ihr zusammen lebte. Ihre Tochter war ihr Ebenbild: groß und schlank, mit rötlichen Haaren und feinen Sommersprossen auf der Nase. Und sie war unabhängig, so wie es Heidi als junge Frau war. Wahrscheinlich hätte Heidi niemals geheiratet, geschweige denn Kinder bekommen, wenn sie nicht Gerhard kennen gelernt hätte. Er hatte mir ihr zusammen studiert, sie hatten sich auf der Uni kennen gelernt. Zu dieser Zeit, während der Studentenbewegung, waren alle politisch aktiv, aber für Gerhard war nicht nur die Durchsetzung seiner Ziele wichtig, sondern auch die

Menschen in seinem Umfeld. Doch Heidi und Gerhard hätten nicht unterschiedlicher sein können: sie kam aus einem gutbürgerlichem katholischen Elternhaus – er war ein Kind der Arbeiterschicht, und außerdem Marxist. Vielleicht war es eben diese Diskrepanz zwischen den beiden, was sie zueinander führte.

Sie heirateten sehr jung, aber Sabine war ein Wunschkind. Das Geld war meist knapp, denn Heidi weigerte sich, sich von ihren Eltern finanziell unterstützen zu lassen - auch Gerhard zuliebe.

Gerhard war vor einigen Monaten an einem Herzinfarkt gestorben. Und Heidi merkte, dass sie nicht mehr in der Lage war, sich allein um das Haus und um sich selbst zu kümmern.

Jetzt saß sie in Sabines Wohnzimmer. Die Erinnerungen an früher, als sie noch jung und unbekümmert war, als sie eine junge Familie waren, als sie für eine Fachzeitschrift recherchierte und ihr eigenes Geld verdiente, waren fast schmerzlich. Doch schlimmer als ihre Abhängigkeit empfand sie das Durcheinander in ihrem Kopf. Und doch wollte Heidi sich damit nicht zufrieden geben. Sie stand auf, stellte ihre Kaffeetasse auf den Couchtisch und begann, die Bücher in die Regale einzuräumen.

7.

„Die Leiche ist identifiziert." Thomas betrat das Büro und legte fast gleichgültig – so schien es - eine Aktenmappe auf den Schreibtisch. „Sie heißt Dr. Angelika Roth und ist,

„ er räusperte sich, „ich meine sie war Gynäkologin. Sie arbeitete in der städtischen Klinik. Es liegt seit einigen Tagen eine Vermisstenanzeige vor. Die Eltern der Verstorbenen wurde bereits informiert."

Sabine zog die Augenbrauen zusammen. „Das Opfer wurde mit Sicherheit nicht zufällig ausgesucht. Der Täter hatte einen Grund, sie zu töten." Seit sie die Gerichtsmedizin verlassen hatten, bekam Sabine dieses Wort nicht mehr aus ihrem Kopf: **Hexenhammer.** Ohne recht zu wissen, was es damit auf sich hatte, wusste Sabine in diesem Moment instinktiv, dass dieses Werk eine schreckliche Vergangenheit hinter sich hatte. Sie wusste über die Geschichte Deutschlands und Europas nur das, was sie in der Schule gelernt hatte, doch dieser Name – Hexenhammer – verursachte in ihr ein seltsames Gefühl, das man nur schwer beschreiben konnte. Es war mehr eine Vorahnung auf Dinge, die kommen sollten – und sie würden furchtbar sein.

Sabine stand auf einmal auf und nahm ihre Tasche. Es war eine schnelle Eingebung, und sie musste ihr folgen.

„Thomas, du fährst in die Klinik und erkundigst dich bei ihrem Vorgesetzten, für welche Bereiche Frau Dr. Roth verantwortlich war."

„Und du?"

Sabine schwieg für einen Moment und fixierte einen Punkt an der Wand. Dann drehte sie sich zu Thomas. „Der Täter hat uns eine Nachricht hinterlassen. Wenn es stimmt, was ich in der letzten Stunde im Internet recherchiert habe, dann war der Hexenhammer ein Werk, das aus religiösem

Wahnsinn der Menschen entstanden ist. Ich werde einen katholischen Pfarrer aufsuchen. Ich muss mehr zu dem Werk und seinen Hintergründen erfahren."

Die Kommissarin stand vor der Pfarrei der katholischen Gemeinde der Stadt. Das Gebäude war modern, aber schmucklos. Ein flacher Bau mit dunklen Fenstern, der einige Meter entfernt der Kirche erbaut worden war. Vor dem Haus befand sich ein kleines Gartenstück, dessen Büsche und Blumenstöcke jetzt im Winter geschnitten und kahl waren. Ein kleiner Bretterzaun mit einem Tor trennte das Grundstück vom Gehweg. Sabine hatte, bevor sie losgefahren war, angerufen, um sicherzugehen, dass der Pfarrer auch erreichbar war. Jetzt öffnete sie die Zauntür und betrat den kurzen Weg zum Haus. Sie klingelte. Ein älterer Herr mit runder Brille und einem freundlichen Gesicht öffnete die Tür. Er war schlank, fast drahtig, und trug eine dunkelgraue Hose sowie einen schwarzen Pullunder, darunter ein cremefarbenes Hemd. Was auffiel war, dass er trotz seinem fortgeschrittenen Alter sehr dichtes Haar hatte, das jetzt fast vollkommen ergraut war. Unter der runden Brille sahen zwei fröhliche, aber auch scharfsinnige blaue Augen Sabine an.
„Guten Tag, Kommissarin Beckmann." Sabine lächelte und streckte ihre Hand aus. Der ältere Herr erwiderte den Handschlag und bat Sabine, einzutreten.
Sie liefen durch einen engen Flug, vorbei an einem Büro, und kamen in einen kleinen Raum, eine Art Bibliothek, in dem eine kleine Couchgarnitur stand, umgeben von

Regalen mit Büchern. An der Wand hing ein einfaches Holzkreuz.

„Willkommen in meinem bescheidenen Heim. Nehmen Sie bitte Platz. Ich habe gleich nach Ihrem Anruf Tee aufgesetzt. Darf ich einschenken?" Er bückte sich hinunter zum Couchtisch, auf dem ein Tablett mit einer Teekanne, zwei Tassen und einem kleinen Zuckergefäß aus feinem Porzellan stand. Er goss bedächtig den Tee in eine Tasse und reichte sie Sabine. Etwas unsicher lächelte sie und sah sich in dem Zimmer um. Die Möbel waren antik, sie wurden wahrscheinlich von jedem Pfarrer an den nächsten weitergereicht. Sabine nahm einen kleinen Schluck aus der Tasse und wandte sich wieder dem Pfarrer zu. „Sie werden mit Hochwürden angesprochen, ist das richtig?" Pfarrer Reim, der erst seit kurzem die Leitung der katholischen Kirchengemeinde übernommen hatte, lächelte. Er war es gewohnt, dass sich viele Menschen etwas unsicher in seiner Gegenwart fühlten.

„Sie dürfen mit auch gern Vater nennen." Er lächelte ein entwaffnendes Lächeln und Sabine entspannte sich etwas. „Wie schmeckt Ihnen der Tee? Ich habe ihn selbst aufgesetzt." Er war sehr schmackhaft, eine Mischung Schwarztee mit Vanillegeschmack. Pfarrer Reim setzte sich in einen Sessel, der gegenüber dem Sofa stand, auf dem Sabine Platz genommen hatte.

Sabine lachte kurz. „Das ist etwas zu ungewohnt für mich, ich nenne Sie am besten Pfarrer Reim?" Er nickte und lächelte zurück, wurde dann aber wieder ernst.

„Sind Sie katholisch, Kommissarin?" Sabine schüttelte

den Kopf. „Ich muss Sie enttäuschen, ich bin Atheistin. Ich bin nun mal der Meinung, dass der Glaube eine Erfindung der Menschen ist. Vielleicht, damit der Tod seinen Schrecken verliert?" Der Pfarrer hob seine Augenbrauen und nickte kurz. Er stellte seine Tasse auf den Tisch und faltete die Hände in seinem Schoß. „Es gab einmal jemanden, der sagte, dass der Glaube Berge versetzen kann."

Sabine überlegte kurz. „Jesus von Nazareth?" Der Pfarrer zeigte mit dem Zeigefinger auf Sabine. „So ist es. Es ist beeindruckend, was Menschen aus dem Glauben heraus geschaffen haben, wie der Glaube sie begleitete und unterstützte. Sind Sie der Meinung, dass Menschen ohne einen Glauben an den einen GOTT so etwas bewerkstelligen könnten?" Sabine hob die Schultern. Der Pfarrer fuhr fort. „Aber der Glaube muss aus dem Herzen kommen. Jesus möchte, dass wir uns für ihn entscheiden und ihm aus freien Willen und Herzen folgen. Alles andere hätte keinen Sinn." Er machte eine kurze Pause. „Was kann ich für Sie tun?"

8.

Thomas betrat das Foyer des Krankenhauses, das erst vor einigen Jahren renoviert wurde. Zu seiner linken befand sich ein Aufenthaltsraum und Cafeteria, in dem Besucher mit den Kranken, die stationär behandelt wurden, sich ungezwungen treffen konnten. Zu seiner rechten hinter einer Glasscheibe war die Anmeldung. Eine Krankenschwester sortierte gerade einige Papiere, als

Thomas an die Scheibe klopfte. „Ich möchte gerne eine verantwortliche Person aus der Gynäkologie sprechen." Thomas zeigte seinen Polizeiausweis. Die Krankenschwester machte ein kurzes Telefonat und nickte dann zustimmend. Thomas wartete nur kurz, bis ein junger Arzt mit fast eilenden Schritten auf ihn zukam. Sein Blick war besorgt. Er reichte Thomas die Hand, stellte sich aber nicht vor, sondern fragte sofort nach seiner Kollegin - Dr. Angelika Roth. Während Thomas ihm durch die Flure des Krankenhauses zu seinem Büro folgte, erklärte der junge Arzt, dass die Ärztin bereits seit einigen Tagen der Arbeit fern war. Sie hatte sich nicht krank gemeldet und die besorgten Eltern hatten darauf hin eine Vermisstenanzeige bei der Polizei aufgegeben. Sie gingen in ein kleines Büro am Ende des Flurs. Auf dem Schild neben der Bürotür stand der Name des Arztes: Dr. Uwe Selig. In dem Raum stand ein kleiner runder Besprechungstisch, an dem Dr. Selig Platz nahm und mit Thomas aufforderte, sich ebenfalls zu setzen. Thomas musterte mit einem Blick sein Gegenüber. Dr. Selig verbarg seine Nervosität nicht, sondern faltete seine schlanken Hände, entfaltete sie wieder, zupfte an seinem Arztkittel. Seine Augen hinter den Brillengläsern wanderten unruhig hin und her und Thomas fragte sich, ob dieser Mann etwas zu verbergen hatte. Er begann mit seiner Befragung und erfuhr, dass Dr. Angelika Roth bereits seit einigen Tagen fehlte, ohne eine Nachricht hinterlassen zu haben. Dr. Selig beschrieb seine Kollegin als engagiert, sachlich und sehr zuvorkommend. Es gab keinerlei Anzeichen, dass sie im Kollegenkreis

Feinde gehabt hätte – im Gegenteil: sie war eine beliebte Ärztin, bei Patienten sowie bei den Kollegen. Dr. Selig wurde jetzt durch seine Erzählungen etwas ruhiger und entspannte sich etwas. Aus dem Gespräch konnte Thomas keine Schlüsse ziehen, die begründeten, warum sie ermordet wurde. Er beugte sich nach vorne und senkte leicht seinen Blick. In Augenblicken wie diesen wünschte sich Thomas, er wäre Gärtner geworden, der sich vielleicht mit eingegangenen Pflanzen beschäftigen musste, aber nicht mit toten Menschen. Noch schlimmer: mit Menschen, die gewaltsam aus dem Leben gerissen wurden.

Er faltete seine Hände und blickte den Arzt einen kurzen Moment direkt in die Augen, bevor er sprach: „Dr. Selig, ihre Kollegin wurde tot aufgefunden." Das Bestürzen im Blick Dr. Seligs war echt. Er folgte Schweigen, bis der junge Arzt die Hände vors Gesicht nahm und „mein Gott" flüsterte. „Wissen die Eltern Bescheid?" Thomas nickte. Er sah Tränen in den Augen des jungen Arztes, der jetzt nur stumm zur Seite blickte. Er hat sie geliebt, dachte Thomas und stand langsam auf. Seine Befragung war zu Ende. Für einen Moment stand er still, beobachtete den Arzt und legte schließlich seine Hand auf die Schulter des Arztes, der den Kopf drehte und ihn von unten ansah. „Ich finde alleine heraus." Thomas ging zur Tür, drückte die Klinke nach unten und verharrte kurz. Er drehte sich nochmals um. „Es tut mir sehr leid." Dann ließ er Uwe Selig mit seinem Schmerz alleine.

9.
„Was wissen Sie über den Hexenhammer?"
Pfarrer Reim runzelte die Stirn. Seine Augen waren gütig, aber jetzt war es Sabine, als ob sie Argwohn darin erkennen könnte. Er schaute auf seine gefalteten Hände in seinem Schoß und schwieg. Er überlegte.
„Sie sprechen von Vorkommnissen, die nicht mehr in unsere Zeit gehören. Der Hexenhammer war ein Produkt von Menschen, die in einer anderen Zeit, mit anderen Ideologien lebten. Heute haben wir damit nichts mehr zu tun." Sabine gab sich mit dieser Antwort nicht zufrieden. Sie ließ Pfarrer Reim etwas Zeit, um weiterzufahren.
„Versetzen Sie sich in eine Zeit, die geprägt war von Aberglaube, nicht vorhandener Bildung, Analphabetismus und nur wenig Kenntnis über Biologie, Physik, Chemie und den Vorgängen in unserer Umwelt. Die Menschen konnte viele Dinge nicht erklären – also musste es entweder göttlich oder teuflisch sein. Und wenn die Menschen vor etwas Angst hatten, so war es meist teuflisch. Aber warum fragen Sie ausgerechnet nach diesem Buch?
„Herr Pfarrer, ich möchte Sie bitten, über das, was ich Ihnen jetzt sage absolut Stillschweigen zu bewahren."
Pfarrer Reim schaute sie erstaunt an: „Möchten Sie beichten? Das Beichtgeheimnis ist heilig, wie Sie wahrscheinlich wissen."
Sabine schüttelte den Kopf und konnte ein Lächeln nicht unterdrücken. „Es gibt mit Sicherheit einige Dinge, in meinem Leben, auf die ich nicht stolz bin, aber ich würde

das Ihnen später einmal lieber als Freund erzählen."
Pfarrer Reim nickte. Er war immer sehr darauf bedacht
gewesen, ein Pfarrer zu sein, den man Anfassen und mit
dem von Mensch zu Mensch reden konnte. Er nahm seine
Pflichten als Seelsorger sehr ernst, und er war für die
Menschen in seiner Gemeinde da. Sie in guten wie in
schlechten Zeiten zu begleiten, war immer ein oberes Ziel
gewesen.
„Heute Morgen wurde die Leiche einer jungen Frau
gefunden, in dessen Körper eine kleine Schriftrolle
eingenäht wurde. Auf der Rolle stand „Malleus
Malificarum". Sabine konnte wahre Bestürzung im
Gesicht des Pfarrers erkennen. Sie wusste aber noch nicht,
ob er bestürzt war über über den Fund der Leiche oder
über den Hinweis zu dem besagten Buch.
„Bitte sagen Sie mir, was ich über den Hexenhammer
wissen muss."
Der Pfarrer stand auf und ging einige Schritte in dem
kleinen Raum auf und ab, bevor er zu erzählen begann.
„Das Malleus Malificarum wurde von zwei
Dominikanermönchen vor über 500 Jahren geschrieben.
Es beschreibt das Wesen der Hexen und Zaubermeister,
welche Verbrechen sie begehen, wie sie erkannt werden
können und wie man sie dazu bringt, ein Geständnis
abzulegen - und wie sie gerettet werden können: durch die
reinigende Kraft der Flammen, d. h. durch Verbrennung."
Pfarrer Reim machte eine Pause. „Wie wurde die Frau
getötet?"
„Sie ist ertrunken."

Der Pfarrer nickte. „Oftmals wurden Frauen in eine Art Korb gesperrt und mit einer Seilwinde in einen Fluss heruntergelassen. Ging der Korb mit der Frau unter, war sie keine Hexe, sondern ein unschuldiger Mensch. Kam der Korb wieder nach oben, so war bewiesen, dass die Frau mit dem Teufel im Bunde war und sie wurde als Hexe verbrannt."

„Sie meinen also, der Täter hat sie einer Art Prüfung unterzogen, bei der sie ertrunken ist?"

„Wer in Gottes Namen könnte so etwas tun?" Pfarrer Reim war sichtlich aufgebracht.

„Herr Pfarrer, sagen Sie mir, welcher Verbrechen solche Frauen damals angeklagt wurden."

„Naja, ich habe den Hexenhammer nie gelesen, aber meines Wissens wurde Frauen und natürlich auch Hexenmeister damals angeklagt für Vergehen wie das Erzeugen von Unwettern, das die Ernte vernichtete, oder Zufügung von Krankheiten, und natürlich die Tötung der Leibesfrucht..." Sabine horchte auf einmal auf. „Die junge Frau war Gynäkologin in einer Klinik. Es könnte sein, dass sie auch Abtreibungen durchgeführt hat." Sie sahen sich für einige Sekunden in die Augen. Pfarrer Reim ging auf Sabine zu. „Kommissarin, es ist höchst wahrscheinlich, dass dieser Täter weitere Morde begehen wird. Sie müssen sich beeilen, ihn zu finden."

Als Sabine das Haus des Pfarrers verließ, legte sich die Dunkelheit über die Stadt.

10.

Sabine und Thomas trafen sich zum Essen in einem kleinen italienischen Restaurant in der Innenstadt. Sie waren Stammkunden und Giovanni, der Besitzer, begrüßte sie wie alte Freunde.

Während des Essen unterhielten sie sich über die Ereignisse des Tages und neue Erkenntnisse. Es war beiden klar, dass der Täter, wer immer er auch war, weitere Zeichen setzen würde.

Nach dem Essen und einigen Gläsern Rotwein vergaßen sie für kurze Zeit die Arbeit. Giovanni hatte das Licht in seinem Restaurant verdunkelt und Kerzen angezündet, die den Raum in ein warmes Licht hüllten. Thomas nahm Sabines Hand und streichelte sie. Seit ihrer kurzen Romanze vor einigen Monaten und einem gemeinsamen Urlaub hatte sie die Arbeit so sehr eingenommen, dass sie sich nur selten sehen konnten. Während Thomas Sabines Fingerspitzen zu küssen begann fühlte sie, wie sie Wärme und auch ein Gefühl der...Erwartung (?) durchfuhr. In diesem Moment rasten die Gedanken durch ihren Kopf. Thomas fragte nicht, ob sie die Nacht bei ihm verbringen wollte. Sie sollte es selbst aussprechen – und Sabine lächelte und nickte.

Thomas winkte Giovanni heran, um zu bezahlen und sie verließen gemeinsam das Lokal Richtung Hauptbahnhof, an dem sie sich ein Taxi nehmen wollten, als das Handy von Sabine klingelte. Auf dem Display erschien ihre Festnetznummer. „Es ist meine Mutter." In ihren Augen konnte er die Enttäuschung sehen – und auch einen Hauch von Wut. Sabine entfernte sich einige Schritte von Thomas und sprach leise und gepresst. Thomas konnte geradezu die Spannung spüren, die von Sabine ausging. Als sie sich umdrehte und Thomas ansah, ging er auf sie zu, küsste sie auf die Stirn und lächelte. „Geh nach Hause." Sabine hatte Tränen in ihren Augen. Nicht aus Traurigkeit, sondern aus Enttäuschung, dass der Abend nicht wie erhofft enden würde. Er nahm sie in die Arme und drückte sie für einige Sekunden fest an sich. Sie schmiegte sich an ihn und presste ihren Kopf an seinen Hals. Sie atmete tief ein und konnte noch den sanften Hauch seines After Shaves riechen. Dann begleitete er sie zum Hauptbahnhof, wo am Taxistand die Fahrer, einige mit der Zigarette in der Hand, auf Kundschaft warteten.

11.

Die Frau, die gefesselt auf dem Tisch vor ihm liegt, hat tiefrote Haare und stark geschminkte Augen. Sie ist betäubt, und durch ihre halb offenen Augen kann sie nur verschwommen die Gestalt erkennen, die über sie gebeugt ist und Worte in einer fremden Sprache rezitiert. Als er geendet hat, lässt er seine Finger über ihren Körper gleiten. Ihre Kleidung ist nur spärlich, die roten hochhackigen Kunstlederstiefel sind abgelaufen. Die Arbeit im horizontalen Gewerbe haben ihre Spuren hinterlassen. Der Körper ist fleckig und das Gesicht verhärmt, obwohl die Frau das 30. Lebensjahr noch nicht überschritten hat.

Er streicht der rothaarigen Frau über die Wangen und sie

entspannt sich etwas. Er nimmt eine Spritze und führt die Nadel in die Armbeuge ein. Langsam fließt das Gift in ihren Körper, dass ihr Leben, das niemals strahlend oder besonders lebenswert war, beenden würde. Es dauert nur kurze Zeit, bis die Frau aufhört zu atmen.

Er nimmt eine kleines Stück Pergamentpapier, rollte es zusammen und steckt es in eine kleine Stahlhülse, das er der Frau um den Hals legt. Dann bindet er ihre Arme und Beine los und trägt sie nach draußen, wo der kleine Lieferwagen steht. Die Autotür ist bereits geöffnet. Behutsam legt er den toten Körper in das Auto und schließt die Tür. Er verriegelt den Schuppen, steigt in den Fahrerraum und fährt in die Nacht hinaus.

12.

Sabine kehrte nach Hause zurück und schloss die Haustür zu ihrer Wohnung auf. Ihre Mutter saß im Wohnzimmer auf der Couch und sah sich einen Schwarz-Weiß-Krimi aus den Fünfzigern an. Sie war erleichtert, als Sabine im Wohnzimmer stand. Das Alleinsein bereitete ihr immer noch Schwierigkeiten. Sabine lächelte nur und murmelte ein „Gute Nacht". Sie wollte jetzt nicht sprechen. Der Tag war lang und anstrengend gewesen und sie war etwas benebelt vom italienischen Rotwein. Ihre Mutter sollte ihre Enttäuschung nicht sehen. Zum Reden war morgen noch genügend Zeit.

13.

Die kalte Luft füllt seine Lungen, als er die Leiche in dem

kleinen Waldstück ablegt. Der Himmel ist klar und das Strahlen der Sterne erfüllt das Firmament. Das Mondlicht reicht ihm aus, um genug erkennen zu können. Er positioniert behutsam den Körper an einen Baumstamm am Wegesrand. Sein Atem geht schwer, er musste den Wagen einige hundert Meter entfernt parken, den Körper der Frau hat er hierher getragen. Er entfernt die Folie, die er um den Körper gewickelt hat. Der Körper der Frau ist schwarz, verkohlt von den Verbrennungen. Die Haut hängt teilweise in Fetzen herunter, der Gestank des verbrannten Fleisches ist fast nicht auszuhalten, doch er versucht es, zu ignorieren. So wie er versucht, nicht in die Fratze zu sehen, die einmal ein Gesicht war.

Er ist darauf bedacht, dass der Leichnam nicht umknickt oder wegrutscht. Er nimmt ein Seil und bindet vorsichtig den Oberkörper an den Baumstamm. Die Beine der Frau, die noch in den roten Stiefeln stecken, streckt er aus. Die Hände faltet er über den Unterkörper. Er nimmt die Hülse und platziert sie im verbrannten Fleisch. Dann steht er auf und geht einige Schritte zurück. Die Augen dieser Frau würden ihn nicht im Traum verfolgen.

14.

Jogger oder Läufer wurden oft von ihrer Umwelt belächelt. Viele schüttelten unverständlich den Kopf, konnten nicht verstehen, dass man sich abmühte. Aber für Klaus war das Laufen mehr als nur Sport, es war eine Befreiung. Eine Befreiung vom Druck der Arbeit, seiner Beziehung, die er letztendlich beendete, seinen eigenen

Grenzen. Er hatte vor einigen Jahren damit angefangen, damals noch über 20 kg schwerer. Es fiel ihm schwer, da er Raucher und auch dem Alkohol nicht abgeneigt war. Als er sich von einem Tag zum anderen entschloss, sein Leben zu ändern, reagierte seine Familie und seine Freunde mit einem Lächeln. Keiner glaubte, dass er einmal einen Marathon laufen würde – auch weil er jetzt bereits über 40 war. Doch Klaus hatte es geschafft. Er konnte sich fast nicht mehr an die Anfänge erinnern, als er damit begonnen hatte, regelmäßig zu laufen. Kilometer um Kilometer hatte er sich abgerungen. Seine Lunge, schwarz von den Zigaretten, hatte geschrieen. Doch er hatte sich behutsam vorgearbeitet. Langsam, immer auf seinen Körper hörend. Seit er mit dem Laufen begonnen hatte, rauchte er nicht mehr. Und sein Alkoholkonsum hatte sich auf ein bis zwei Gläser Wein am Wochenende beschränkt. Jetzt lief er jeden Morgen, im Winter wie im Sommer. Seine Arbeit ermöglichte es ihm, seine Zeit einzuteilen. Und so lief er auch an diesem Wintermorgen in dem kleinen Waldstück nahe seiner Wohnung.

Doch was er an diesem Morgen in dem kleinen Wald vorfand, würde ihn nie mehr loslassen – egal, wie viele Kilometer er rennen – nicht laufen – würde.

Die Leiche lehnte an einem Baum, nahe seiner Laufstrecke. Sie musste gefunden werden. Klaus hatte nur begrenzte Kenntnisse über die Anatomie des Körpers, aber er wusste, dass es ein sehr großer Hitze bedarf, um einen menschlichen Körper vollständig zu verbrennen. Die Leiche war verkohlt, aber es war noch genügend vorhanden, um zu erkennen, dass es einmal ein Mensch gewesen war. Es war für Klaus wie eine Ewigkeit, bis er sein Handy zur Hand nahm, und die Notrufnummer der Polizei wählte.

15.

Sabine stand gerade mit einer Tasse Kaffee in der Küche, als an diesem Morgen das Handy läutete. Der Anruf war nur kurz, und Sabine packte sofort ihre Tasche, Mantel und den Autoschlüssel. Ihre Mutter lag noch im Bett. Sie schaute kurz in ihr Schlafzimmer, ob sie bereits wach war, doch Heidis Brustkorb bewegte sich unter der Decke ruhig auf und ab. Sabine schloss leise die Tür und machte sich auf den Weg in das nahe gelegene Waldstück, in dem heute Morgen eine weitere Frauenleiche gefunden worden war,

16.

Pfarrer Reim hatte seit dem gestrigen Gespräch mit der Kommissarin keine Ruhe gefunden. Dass es einen Menschen geben sollte, der in der heutigen modernen Zeit Jagd auf Hexen machte, erschütterte ihn. Andererseits beobachtete er, dass insbesondere junge Menschen Halt in alten Traditionen suchten – angetrieben durch Globalisierung und Existenzangst, Schnelllebigkeit und Raubbau an der Natur. Viele wendeten sich den vorchristlichen Religionen zu, wie den Lehren der Druiden. Doch in diesen Religionen wurden Hexen und Heiler geachtet. Sie waren in Harmonie mit der Natur und bedienten sich der Kräuter und Heilpflanzen. Der Mörder der jungen Frau jedoch hatte eine andere Überzeugung. Sie kam aus einer dunklen Zeit, in der Menschen, oftmals geblendet von ihrer übertriebenen Bigotterie, nicht nur Andersartigkeit ablehnte, sondern diese sogar vernichten musste. Dieser Mensch, wer immer er war, bediente sich eines Instruments aus einer Zeit, die die heutige Kirche verdrängte und über die nicht öffentliche gesprochen wurde.

Sein Beruf und seine Berufung als Pfarrer füllten ihn aus. Dieses Leben, im Dienste GOTTES und der Menschen gaben ihm einen Sinn. Aber er war kein Gelehrter, sondern ein Praktiker.
Obwohl ihn die Kommissarin gebeten hatte, Stillschweigen über den Fall zu bewahren, wählte er an diesem Morgen die Nummer eines jungen Mannes, den er seit langem kannte und dessen Intelligenz, Scharfsinnigkeit und Fachwissen ihn immer wieder beeindruckten. Ein junger Theologiestudent, der fromm und gottesfürchtig, aber nicht blind war für die weltlichen Dinge um ihn herum. Er sollte sich des Falles annehmen, da seine Studien für die Polizei wahrscheinlich von großem Nutzen waren.
Zu diesem Zeitpunkt wusste Pfarrer Reim noch nichts von der zweiten Leiche. Aber er wusste, dass die Polizei weitere finden würde.

17.

Auf dem Polizeirevier herrschte eine angespannte Stimmung seit dem Fund der zweiten Frauenleiche. Nach dem Notruf des Joggers war sofort eine Einheit samt dem Team der Spurensicherung losgefahren, um den Tatort zu inspizieren. Sabine und Thomas folgten nur kurze Zeit später.

Die an dem Baum gelehnte, angekokelte Leiche löste nicht nur bei den Polizisten Übelkeit aus. Selbst Sabine, die sich an den Anblick toter Körper gewöhnt hatte, musste nach Luft schnappen. Die Morgensonne, die durch die teilweise blattlosen Bäume des Waldstückes schien, legte ein seltsames Licht auf den Körper.
Die Haut hatte sich durch die Hitze der Flammen vom Fleisch und Knochen gelöst und hing teilweise in Fetzen am Körper. Das Gesicht war eine Grimasse, da die Lippen und Haut verbrannt waren und somit den Kiefer und die Zähne des Kopfes freilegten.
Die Frau wurde mit ihren Kleidern verbrannt und selbst ohne pathologische Untersuchung konnte man erkennen, dass das Material der Stiefel mit der Haut verschmolzen war.

Es dauerte einige Zeit, bis sich Sabine so weit gefangen hatte, um den Tatort zu inspizieren und sich Notizen zu machen. Auch Thomas war sichtlich betroffen und selbst die Spurensicherung tat sich schwer, nach ersten Hinweisen am Tatort zu suchen.

18.
Dr. Karin Weigelt war eine pragmatisch und logisch denkende Frau. Die jahrelange Arbeit in der Pathologie hatte sie gelehrt, jeden Fall nüchtern und sachlich anzugehen. Doch kam es immer wieder vor, dass sie Mitleid und fast Trauer mit den Toten empfand, insbesondere wenn sie mit Gewalt aus dem Leben gerissen wurden. Aber dass sie Zorn empfand – das passierte nur sehr, sehr selten. Doch als die verbrannte Leiche auf dem Seziertisch vor ihr lag, spürte sie, wie sich ihre Wangen rot färbten und das Adrenalin durch ihren Körper floss. Sie brauchte einige Zeit, um sich zu beruhigen. Denn in Fällen wie diesen war es besonders wichtig, einen kühlen Kopf zu bewahren, um jeden kleinsten, und wenn auch augenscheinlich noch so unwichtigen Hinweis auf den Täter zu finden. Das war sie den Opfern schuldig.
Die Leiche vor ihr ekelte sie nicht an. Sie sah über den grauenhaften Zustand des Körpers hinweg und begann, jedes Detail festzuhalten.
Es dauerte ca. eine Stunde, bis sie die Metallhülse fand, in dem ein Zettel aus Pergament eingerollt war.

Die schlimmsten Befürchtungen hatten sich bewahrheitet, als der Anruf aus der Pathologie kam. Der Polizeichef war sichtlich aufgebracht und ging nervös in seinem Büro hin und her.
„Die Presse darf nichts davon erfahren. Ich möchte nicht, dass irgendein Sterbenswörtchen nach draußen geht!"

Der pathologische Bericht lag noch nicht vor, doch Sabine hatte bereits mit Dr. Weigelt telefoniert und sich über die wichtigsten Hinweise informiert.

Die Tote war der Kleidung nach zu urteilen (oder was davon noch übrig war) eine Professionelle. Es würde schwierig sein, ihre Identität zu klären, da viele Frauen illegal in der Stadt lebten. Die Metallhülse mit dem Pergamentzettel und dem gleichen Hinweis auf das „Malleus Malificarum" war jetzt der Beweis, dass es sich um einen Serientäter handelte. Die Hülse war nicht geschmolzen, auch das Pergament in ihr hatte keinen Schaden erlitten. Daraus schloss man, dass der Täter die junge Frau angezündet und gewartet hatte, bis die Flammen wieder erloschen waren. Erst dann hatte er die Hülse platziert, in einem offenen Teil des Beines. Der einzige Trost für Dr. Weigelt war, dass die Frau post mortem verbrannt wurde. In ihrer Lunge konnten keine Rückstände entdeckt werden. Das Blut in ihrem Körper wurde noch im Labor untersucht, ob sie vergiftet wurde, da ansonsten keinerlei Gewalteinwirkung entdeckt wurde.

Sabines Vorgesetzter war untersetzt, ja fast dick, doch er bewegte sich behände durch das Büro. Ihr war nicht klar, warum er ihr erklärte, wie wichtig es war, diesen Fall so schnell wie möglich zu lösen. Doch sie wusste auch, unter welchem Druck er stand.
Als Sabine in ihr Büro zurückkehrte, wartete bereits ein junger Mann auf sie. Thomas hatte ihn bereits mit Kaffee

versorgt und wie es schien, unterhielten sie sich über belanglose Dinge. Sabine hatte ihn bereits durch die Glasscheibe zu ihrem Büro beobachtet, bevor sie eintrat. Seine Kleidung, der Haarschnitt und die runde Brille erinnerten Sabine einen Wissenschaftler aus dem Labor. Auf den ersten Blick geradezu langweilig. Ein Mensch, der sich um Atomspaltung oder globale Erwärmung interessierte und nicht um sein Aussehen. Als sie eintrat endete die Unterhaltung abrupt. Alle drei sahen sich kurz an. Thomas stellte ihn als Markus Axt-Rehling vor.

„Nennen Sie mich Markus. Pfarrer Reim schickt mich zu Ihnen."

Sabine und Thomas sahen sich kurz überrascht an, sagten aber nichts. Markus fuhr unbeirrt weiter. „Ich soll Ihnen beratend zur Seite stehen."

„Beratend in was?" Und jetzt war es Markus, der überrascht blickte. „Na, im Fall des Hexenjägers."

Es stellte sich heraus, dass Markus sich bereits zu einem früher Zeitpunkt seines Theologiestudiums mit der Religion im Mittelalter beschäftigt hatte. Nicht nur das religiöse Leben, auch die weiteren Lebensumstände hatten ihn interessiert. „Ein dunkles Kapitel der Religionsgeschichte, dass aber nichts desto trotz ein Teil davon ist." Sabine erkannte sofort, dass Markus auf seine Bildung und sein Wissen stolz war und dass er gern ein wenig damit prahlte. Seltsam für einen gläubigen Mann, da Stolz keine Tugend im religiösen Sinne war. Dennoch war Markus ein Mensch wie jeder andere auch und Sabine vermutete, dass er sich geehrt fühlte, der Polizei in einem Mordfall Hilfe leisten zu können.

Er erzählte ein wenig über den Hexenhammer, die Hintergründe seiner Entstehung und die damalige Umsetzung im täglichen Leben. Sabine war es unheimlich, wie gelassen Markus über dieses Buch sprach, das Tausenden von unschuldigen Frauen und Männern auf den Scheiterhaufen brachte.

Das Opfer von heute Morgen wurde post mortem verbrannt. Die Menschen im Mittelalter mussten es am lebendigen Leib erdulden.

„Ich muss Sie nicht daran erinnern, dass Sie über alles, was Sie hier hören und sehen und über das gesprochen wird, Stillschweigen bewahren müssen. Markus nickte. Sabine aber hörte nicht auf und machte es nochmals eindringlich klar. „Wenn etwas an die Presse dringt, bin ich meinen Job los." Markus nickte nochmals und sah Sabine aus großen Augen an. Sie wandte sich von ihm ab und holte einen Flipchart aus der Ecke. Sie drückte Markus einen dicken Filzstift in die Hand. „Und jetzt schreiben Sie mir in kurzen Stichworten auf, aufgrund welcher Kriterien das Malleus Malificarum eine Frau als Hexe erkennt."

19.

Heidi Beckmann saß, wie an den letzten Tagen, auf dem Sofa im Wohnzimmer ihrer Tochter. Sie hatte sich ein kleines Mittagessen zubereitet und trank jetzt eine Tasse heißen Tee. Sabine war heute Morgen bereits früh aus dem

Haus gegangen. Heidi hatte mitbekommen, wie sie zu ihr ins Schlafzimmer gekommen war. Jedoch wollte sie sie nicht aufhalten und hatte sich deswegen schlafend gestellt.

Die Wände der kleinen Wohnung erdrückten sie fast. Sie war immer eine agile und lebenslustige Frau gewesen. Seit sie jedoch die Veränderungen an sich bemerkte, die Vergesslichkeit, die seltsamen Aussetzer, die sie dazu brachten, Dinge zu tun, die sie sich später nicht erklären konnte, das alles verunsicherte, ja beängstigte sie geradezu und bewirkte, dass sie sich immer mehr zurückzog. Doch jetzt hielt sie es nicht mehr aus. Es war bereits nach Mittag und sie trug immer noch ihr Nachtgewand, über das sie einen Morgenmantel gezogen hatte. Ihre Füße steckten in weichen Pantoffeln, das Haar war ungekämmt. Zumindest hatte sie es fertig gebracht, sich heute Morgen zu waschen und die Zähne zu putzen. Sie, die immer gepflegt und sportlich war. Sie, die immer für andere Menschen da war. Sie, die niemals eingebildet, aber doch auf ihr gutes Aussehen bedacht war. Jetzt stand sie Nachmittags im Morgenmantel im Wohnzimmer und wusste nicht, was sie tun sollte. Es war klar, dass sich etwas ändern musste. Heidi ging in ihr Schlafzimmer und nahm aus dem Schrank eine bequeme Jeans und einen Pullover. Sie zog warme Strümpfe an und ging zurück in den Flug. Dort hingen Jacke und Schal. Sie zog ihre dicken Winterstiefel an. Lange stand sie vor dem Spiegel im Flur und überlegte. Als sie sich zur Haustür drehte, sah sie den großen Zettel an der Tür: HAUSTÜRSCHLÜSSEL

NICHT VERGESSEN. Ihr Tochter hatte vorgesorgt. Sie nahm den Schlüssel, der in einem Schälchen auf dem Garderobenschrank lag und verließ die Wohnung.

Heide ging aus dem Haus und folgte den mit Bäumen bewachsenen Gehweg. Der Tag war kalt, aber die trockene Luft tat ihr gut und sie sog sie tief in ihre Lungen ein. Heidi hatte lange geraucht, aber vor einigen Jahren aufgehört. Seitdem genoss sie jeden Atemzug, der ihr nicht mehr in der Lunge schmerzte.
Sie spürte die Sonne auf ihrem Gesicht und so lief sie gedankenverloren die Straße entlang. Andere Passanten streiften ihren Weg und sie wollte Richtung Innenstadt, wo sie sich in ein kleines Café setzen konnte. Allerdings verwarf sie den Gedanken sofort wieder, da sie ihre Handtasche mit dem Geldbeutel vergessen hatte. Sie überlegte kurz, ob sie umdrehen und zum Haus zurückgehen sollte, entschied sich aber anders und lief weiter. Ihre Gedanken kreisten um ihr Leben – aber vor allen Dingen um ihre Tochter. Heidi wusste, dass Sabine keinen leichten Job hatte und dass sie oftmals zuhause nicht abschalten konnte. Früher hatten sie beide lange am Telefon gesprochen. Doch jetzt war es für Heidi schwierig, ein Gespräch oder eine Diskussion zu führen. Zu oft verlor sie den Faden oder verfing sich in alten Erinnerungen, die nichts mit dem Gespräch zu tun hatten.

Heidi bemerkte, dass der Gehweg zu Ende war und überquerte die Straße, immer noch in Gedanken an ihre

Tochter. Das laute Hupen des ankommenden Wagens hörte sie noch, um mit ihm spürte sie einen starken, alles durchdringenden Schmerz, der ihren ganzen Körper durchzog. Sie fiel zu Boden, nicht bewusst, was geschehen war, und hörte noch aufgeregte Stimmen. Dann überkam sie Dunkelheit...

20.
Dr. Karin Weigelt sah sich die Röntgenbilder der verbrannten Leiche an. Ihre Untersuchungen waren fast abgeschlossen und sie würde sich gleich daran setzen, den Bericht zu verfassen und an die Polizei weiterzuleiten. Wie bei der letzten Leiche gab es keinerlei Spuren auf den Täter. Wer auch immer die Morde begangen hatte, war sehr, sehr vorsichtig und genau.
Als sich Dr. Weigelt die Röntgenbilder des Gebisses ansah, schöpfte sie Hoffnung. Das Opfer hatte Implantate. Und es gab hier in der Stadt nur eine Dentalklinik, die Implantate einsetzte. Wenn bei dem Opfer die Operationen in dieser oder in einer der benachbarten Kliniken durchgeführt wurden, war eine schnelle Identifizierung möglich. Sie wählte die Nummer der Mordkommission und verlangte Kommissarin Beckmann.

21.
Er ist zurück in seiner schmucklosen Wohnung und kniet vor seinem Bett. Er betet – und er ist dankbar. Dafür, dass er eine weitere Seele erlösen durfte. Die reinigenden Flammen hatten das sündige Fleisch verbrannt und den

Geist befreit. Die junge Frau war nicht glücklich gewesen. Jetzt war sie bei GOTT, in seiner Obhut. Er war überzeugt davon. Trotzdem hatten ihn wieder Visionen geplagt. Als er in den frühen Morgenstunden zurückgekehrt war, hatte er sich geduscht und schlafen gelegt. Doch der Schlaf währte nur kurz, er war aufgewacht, von furchtbaren Bildern, Schreie, die aus einem Mund kamen, dessen Lippen verbrannt waren und das verkohlte Zahnfleisch zeigte. Die Frau hatte nicht gelitten, dafür hatte er gesorgt. Und trotzdem verfolgte sie ihn in seinen Träumen. Jetzt kniete er und bat seinen Herrn um Stärke, die er brauchte, um sein Werk fortzusetzen. Er weiß, dass diese Visionen Teufelswerk sind, um ihn aufzuhalten. Doch die Furcht, die er noch beim ersten Mal gespürt hatte, war verblasst. Er würde mit jeder Seele stärker werden...

22.

Es war bereits früher Abend, als Sabine und Thomas den Anruf aus der Pathologie erhielten. Sabine schaute sich die Notizen auf dem Flipchart an, die der junge Theologiestudent aufgezeichnet hatte. Für Sabine eröffnete sich eine neue Welt, in die sie eindrang. Es waren keine Morde aus Habgier, Eifersucht oder Verzweiflung, sondern aus Gründen, die sich ihr wahrscheinlich niemals erschließen würden. Markus, der bereits wieder gegangen war, hatte seine Telefonnummer hinterlassen, sollten sie seine Hilfe wieder benötigen. Sabine war noch in Gedanken vertieft, als ihr Mobiltelefon klingelte. Die Nummer auf dem Display war ihr unbekannt. Als sich die Stimme am anderen Ende der Leitung meldete, wich jede Farbe aus ihrem Gesicht. Sie hielt ihre Hand vor den Mund. Thomas wurde sofort hellhörig und sah seine Kollegin an. Sie nickte einige Male, so als ob der Anrufer sie sehen könnte und legte dann auf. Es dauerte noch einige Sekunden, bis sie sich zu Thomas umdrehte. In ihren Augen standen Tränen. „Kannst du mich ins städtische Krankenhaus fahren?" Thomas nickte sofort und holte seine Jacke. Es war offensichtlich, dass es sich um Sabines Mutter handelte.

23.
Bernd Schwenger saß an seinem PC, der in einem kleinen, dunklen Büro in dem Verlagshaus stand. Links und rechts daneben stapelten sich Akten und Papierberge. Er hatte einmal geglaubt, sie für seine Recherchen zu benötigen, doch in Wirklichkeit hatte sich eine Tätigkeit als Journalist auf eher unbedeutende Vorkommnisse aus dem regionalen Leben beschränkt. Vor Jahren hatte er voller Idealismus in diesem Beruf angefangen zu arbeiten. Jetzt schrieb er Artikel über irgendwelche Vereinsfeste oder politische Kundgebungen in seiner Stadt. Er wusste, dass für viele Menschen solche Berichterstattungen wichtig war. Doch mit seiner Vorstellung vom Leben eines Journalisten hatte wenig zu tun. Er hatte gehofft, auf brisante Fälle angesetzt zu werden. Doch das Ende seiner Ehe und die daraus resultierende Alkoholprobleme hatten ihm einen Aufstieg bei der Tageszeitung verwehrt. Er konnte froh sein, dass

ihn der Chefredakteur, Ludwig Bohn, nicht gefeuert hatte. Umso überraschter war er über einen Umschlag auf seinem Schreibtisch und seinen Inhalt, der sich an diesem Tag im Briefkasten des Verlages befunden hatte. Es gab keine Hinweise auf den Absender. Bohn war vor einigen Minuten in seinem Büro gewesen und hatte ihm den Umschlag überreicht. Warum er ihn, Bernd Schwenger, trotzdem mit der Geschichte beauftragte, war ihm ein Rätsel. Jedenfalls bis zu dem Zeitpunkt, bis er die Seiten des Briefes gelesen hatte. Sein Chef war ein umsichtiger und kluger Mann – und er wusste ganz genau, wem er welche Aufgabe zutrauen konnte. Bernd war ein Säufer. Er war unzuverlässig und man konnte fast sagen teilweise schlampig. Doch in Bezug auf Okkultismus, Sekten, religiöse Fanatiker und alten Gebräuchen war er ein absoluter Spezialist.

Ein Hexenjäger in der Stadt, der Frauen für ihre Vergehen bestraft. Diese Story würde ihn wieder ganz nach oben bringen.

24.

Thomas parkte vor dem Haupteingang der städtischen Klinik. „Soll ich nicht mitkommen?" Sabine schüttelte den Kopf und stieg aus dem Wagen. Sie drehte sich nicht einmal um, sondern ging schnellen Schrittes auf den Eingang zu. Thomas sah ihr noch kurz nach. Sabine betrag die Eingangshalle und erkundigte sich nach ihrer Mutter. Wie sich später herausstellte, fanden die Ärzte im Mantel der Verletzten einen Zettel mit der Adresse und

Telefonnummer Sabines. Sie hatte den Zettel im Mantel der Mutter versteckt, falls sie das Haus verlassen sollte und sich nicht mehr zurechtfand. Sabine empfand es damals fast beschämend, ihrer Mutter diese Art von Hilfestellung zu geben, da sie in früheren Jahren – vor Einsetzen der Demenz – immer eine unabhängige Frau gewesen war. Doch jetzt war sie froh über diesen Entschluss.

Der Stationsarzt kam ihr auf halbem Weg entgegen, um sie auf die Intensivstation zu begleiten. Auf dem Weg dorthin erfuhr Sabine über den Unfall. Den Autofahrer, der einen Schock erlitten hatte, traf keine Schuld. Die Polizei hatte bereits am Unfallort festgestellt, dass Heidi Beckmann vor einem parkenden Van die Straße überquert hatte, ohne sich umzusehen. Gedankenverloren, wie sie Sabine in letzter Zeit immer öfter erlebt hatte. Der Autofahrer konnte sie nicht sehen, da der Van ihre Person verdeckte.

Sabine Mutter hatte noch mal Glück gehabt. Sie hatte einen Oberschenkelbruch, dessen Heilung sehr viel Zeit in Anspruch nehmen würde. Außerdem gab es Verdacht auf innere Blutungen, jedoch konnten die Ärzte das nach Ankunft auf der Notaufnahme ausschließen. Trotzdem behielten sie die Ärzte in dieser Nacht auf der Intensivstation, um jegliches Risiko auszuschließen.

Sabine sah ihre Mutter durch eine Scheibe. Sie schlief, das Bein in Gips gelegt. Blaue Flecken und Abschürfungen im Gesicht und an den Armen boten Sabine ein fast jämmerliches Bild ihrer Mutter. Doch der Arzt war zuversichtlich. „Morgen wird sie auf die Krankenstation verlegt, dann können Sie sie jederzeit besuchen." Sabine nickte unsicher und sah noch einmal auf die Gestalt im Krankenbett. Die Sensoren an ihrem Körper, die jede Unregelmäßigkeit registrierten und die elektronischen Geräte neben dem Bett verunsicherten sie. Aber im Moment konnte sie nichts tun. „Ich hinterlasse einige Telefonnummern an der Anmeldung. Bitte melden Sie sich sofort, wenn sich ihr Zustand verschlechtern sollte." Der Arzt nickte und gab Sabine die Hand, um sich zu verabschieden. Sabine sah ihm noch eine Weile nach, bevor sie sich wieder ihrer Mutter zuwandte. Auf einmal hatte sie Angst davor, die Verantwortung zu übernehmen. War es anfänglich eine Art Bürde gewesen, ihre Mutter zu sich zu holen, dachte sie darüber nach, ob es nicht besser gewesen wäre, ihre Mutter in eine Anstalt einzuliefern. Sie würde sich ewig Vorwürfe machen, wenn ihrer Mutter tatsächlich etwas zustoßen sollte, so lange sie bei ihr wohnte.

25.
Sabine erschien nach einer schlaflosen Nacht morgens im Revier. Thomas fing sie bereits vor ihrem Büro ab. „Der Chef tobt, komm gleich mit." Sabine, gedanklich noch bei ihrer Mutter, folgte Thomas in das kleine Besprechungsbüro. Einige der Kollegen saßen oder standen bereits im Zimmer. Die meisten hatten ihren Morgenkaffee in der Hand, ihre Blicke hefteten sich sofort an Sabine, als sie das Zimmer betrat. Die Gesichtsfarbe ihres Chefs war fast purpurrot, und Sabine wusste, dass er

kurz davor war, zu explodieren. Sie stellte keine Fragen, sondern sah sich im Zimmer um. Und sie erblickte die Zeitung, mehr ein Schmuddeltagblatt als eine seriöse Tageszeitung, vor ihr auf dem Besprechungstisch. Die Schlagzeile auf der ersten Seite war in riesigen Lettern und unübersehbar:

HEXENJAGD IN DEUTSCHLAND
religiöser Fanatiker übt Selbstjustiz an jungen Frauen

Sabine war sich dieser Worte wohl bewusst. Wenn es sich bei dieser Zeitung auch um ein Tagblatt handelte, das Geschichten aufbauschte und das maßlos übertrieb - sie schrieben keine Lügen. Und die Menschen wussten das. „Der Bürgermeister hat bereits bei mir angerufen." Sabine hatte das Gefühl, als ob ihrem Vorgesetzten gleich der Kopf platzte. „Da ich nicht davon ausgehe, dass einer von Euch etwas an die Presse weitergegeben hat – und wehe dem, der es doch getan hat und wehe dem, wenn ich das herausbekomme – so will ich wissen, wer es war. „Es war der Täter." Sabine wusste selbst nicht, warum sie sich dessen sicher war.
„Sie, Kommissarin" – und damit zeigte er mit dem Finger auf Sabine – „werden sich diesen ‚Journalisten' Bernd Schwenger einmal vornehmen. Er wird seine Informationen anonym erhalten haben, aber ich möchte, dass Sie ihn ausfragen. Vielleicht gibt es einen besonderen Grund, warum der Täter ausgerechnet diese Zeitung ausgewählt hat. Wobei..." er hielt kurz inne, „...es

ersichtlich ist. Eine seriöse Tageszeitung würde niemals einen solchen Artikel veröffentlichen."
Mit diesen Worten war die Sitzung beendet.

Sabine und Thomas kehrten in ihr Büro zurück. Nach einer Schweigeminute nahm Sabine den pathologischen Bericht zur Hand, der bereits auf ihrem Schreibtisch lag. „Lass uns zu dieser Dentalklinik fahren. Vielleicht hat sich das Opfer ihre Implantate dort einsetzen lassen." Sie waren froh, das Polizeirevier zu verlassen.

26.

Als er früh an diesem Morgen zum Kiosk um die Ecke ging, erblickt er sofort im Tagblatt die Schlagzeile. Er bezahlt und geht, die Zeitung unter dem Arm, wieder nach Hause. Dort liest er in aller Ruhe den Artikel eines gewissen Bernd Schwengers und lächelt. Er weiß, dass es sich um ein Tratschblatt handelt, trotzdem ist er zufrieden. Die Menschen würden jetzt anfangen, zuzuhören. Sie würden sich fragen, warum ein Mensch diese Taten ausführte. Fachspezialisten würden anfangen, die Situation zu analysieren und die Medien würden sich die nächste Zeit damit beschäftigen. Es ging ihm nicht um Ruhm, sondern darum, dass die Menschen erkannten, warum er tat, was er tat. Sie würden sich wieder darum besinnen, worum es eigentlich ging, um Fragen um den Sinn des Lebens und des Glaubens. Und vielleicht würden seine Taten etwas zurücklassen. Eine Art Umdenken.
Die Polizei war jetzt einem enormen Druck ausgesetzt.

Das Spiel würde beginnen.

27.

Die Sekretärin in der Dentalklinik war eine rundliche und freundliche Frau im mittleren Alter. Ihr Haarschnitt war fast gewagt. Die Schläfen kurzrasiert, der Pony hing in langen Strähnen ins Gesicht. Aber ihrem Gesicht stand der Schnitt sehr gut und das Kostüm komplettierte das Bild einer modischen Frau. Sie begrüßte Sabine und Thomas herzlich und führte sie sofort in ihr Büro, um die Akten entsprechend zu sichten. Sabine hatte bereits an diesem Morgen das Röntgenfoto digital an die Klinik weitergleitet sowie die wenigen Erkenntnisse über das Opfer. Doch sie hatten Glück. Die Sekretärin legte ihnen eine Akte mit Röntgenbildern und persönlichen Daten vor. Sabine war kein Freund des digitalen Menschen, doch jetzt war sie froh darüber, dass Daten und Bilder gespeichert wurden. Und nicht nur das. Der Name des Opfers war im Polizeicomputer gespeichert. Sie ließen sich ein Bild des Opfers in die Dentalklinik senden und machten sich kurz darauf auf in die Innenstadt, genauer gesagt ins Rotlichtmilieu.

Das letzte Opfer war eine junge Prostituierte aus Ungarn mit Namen Eva. Sie lebte bereits seit einigen Jahren in Deutschland. Auf dem Bild sah Sabine eine junge und sehr attraktive Frau, mit großen braunen Augen, die Haare waren wahrscheinlich blond gefärbt. Wie sie erfahren hatten, musste sich Eva zwei Zähne ersetzen lassen, die ihr wahrscheinlich ausgeschlagen worden waren. Eine Tatsache, die Sabine zornig machte. Sie hatte kein Problem mit Prostitution. Sie wusste, dass dieses Milieu wichtig war und dass es nichts nutzte, Prostitution zu verbieten. Doch es war eine Sauerei, Frauen mit Gewalt zu zwingen, ihren Körper für Geld zu verkaufen.

Wahrscheinlich hatte der Zuhälter jedoch erkannt, dass eine Hure mit Zahnlücken weniger Geld brachte. Die Operation wurde bar bezahlt.

Sabine und Thomas wussten noch nicht, wo sie anfangen sollten zu suchen. Doch Sabine hatte aus ihrer Zeit, als sie noch Streife ging, noch einig gute Kontakte zu gewissen Etablissements. Dort würden sich hoffentlich weitere Informationen erhalten. Es war nur ein kleiner Hoffnungsschimmer, dass jemand den Täter erkennen würde, der Eva vor zwei oder drei Tagen mitgenommen hatte. Doch es war immerhin ein weiterer Schritt.

Während Sabine ihren Gedanken nachhing, begann Thomas die Erkenntnisse aufzuzählen. Es war mehr ein Monolog als eine Unterhaltung, die Sabine nur mit halbem Ohr mitverfolgte, bis sie auf einmal aufhorchte.

„Was hast du gesagt...?"

„Ich sagte, dass der Täter durch die Veröffentlichung in der Zeitung mit uns in Kontakt tritt. Er will, dass wir ihm zuhören. Er will uns etwas sagen. Ich meine," Thomas machte eine kurze Pause, um sich auf den Stadtverkehr zu konzentrieren, „der Täter hat ein Motiv. Er will uns zeigen, dass wir unser Leben ändern sollen. Er ist ein tiefgläubiger Mensch, der davon überzeugt ist, dass er das

richtige tut. Er sieht sich nicht als Mörder, sondern als
...hm... Erlöser?" Sabine hörte gespannt zu. „Du meinst, er
ist so etwas wie ein Messias?"
„Ich glaube nicht, dass er sich in dieser Position sieht.
Aber vielleicht sollten wir einmal die Psychatrischen
Anstalten abklappern. Vielleicht ist er ein entlassener
Patient, der früher bereits predigend durch die Ortschaften
gewandert ist. Aber vielleicht müssen wir so weit nicht
gehen. Ich meine, im Mittelalter gingen die Menschen auf
Kreuzzüge, da sie glaubten, dadurch einen Platz im
Himmelreich zu erlangen. Es ist das Gleiche mit den
fanatischen Islamisten, die durch den Heiligen Krieg
glauben, sich einen Platz an der Seite GOTTES zu
sichern." Sabine fügte weiter an. „Er hasst seine Opfer
nicht. Das erste Opfer war sauber gereinigt, das zweite
Opfer hat er vor der Verbrennung getötet. Er foltert nicht."
„Aber warum tötet er sie dann?"
Sabine dachte kurz nach. „Wie du bereits sagtest, wir
sollen zuhören. Und die Menschen hören nur zu, wenn
man zu extremen Mitteln greift. Wäre er ein
Wanderprediger, würden sich die Menschen
wahrscheinlich nur über ihn lustig machen. Aber so..."
„Ja, durch seine Taten wird er ernst genommen."

Als sie die Altstadt passierten, dirigierte Sabine Thomas zu
einem alten Herrenhaus, das man nach seiner Renovierung
für das Hauptgebäude einer erfolgreichen
Unternehmensberatung oder
Wirtschaftsprüfungsgesellschaft halten könnte. Vielleicht

auch das einer Arztpraxis. Das goldene Schild an der Haustür bestätige den Eindruck, wäre nicht die süffisante Inschrift „CLUB D'AMOUR". Spätestens jetzt war sich der Besucher bewusste, dass in den Räumen Dienste anderer Art angeboten wurden. Thomas parkte im großzügigen Hinterhof des Hauses. Sabine war lange nicht mehr hier gewesen. Doch sie wusste, dass die Herrin des Hauses noch immer aktiv war – und sie freute sich fast auf ein Wiedersehen.

28.

Bernd Schwenger war erstaunt über die Reaktion auf seinen Artikel. Seit Jahren dümpelten seine journalistischen Tätigkeiten vor sich hin, doch jetzt schenkte man ihm die Aufmerksamkeit, die er seit langem vermisst hatte. Der Artikel war heute Morgen erschienen, und bereits jetzt war sein E-Mail-Account überfüllt mit Nachrichten. Er hatte, nachdem er den anonymen Brief erhalten hatte, die ganze Nacht durchgearbeitet, in Fachbüchern geblättert und versucht, nicht einen Artikel zu schreiben, der sensationsgierig war, sondern der eine gewisse Sachlichkeit ausdrückte. In dieser Nacht hatte er keinen Tropfen Alkohol angerührt, jedoch fast eine Schachtel Zigaretten geraucht. Seine Lunge schmerzte, doch es war wieder wie früher, als er nach dem Studium des Journalismus begann, nicht nur für Zeitschriften oder Zeitungen zu arbeiten, sondern auch Manuskripte schrieb für Bücher oder Dokumentationen fürs Fernsehen. Jetzt saß er, totmüde aber zufrieden, vor seinem PC und las die noch nicht geöffneten E-Mails. Seine Augenlider wurden immer schwerer und er würde seinen Arbeitstag heute früher beenden, als eine E-Mail seine Aufmerksamkeit erregte:

From: Titus_222333@gmx.de

to: bernd.schwenger@morgenpost.online.de

Sent: Wednesday, February 10, 2010 3:05 PM

Subject: ...den Unreinen aber und Ungläubigen ist nichts rein...

Wie ich sehe, haben Sie meinen Brief erhalten. Ich freue mich, dass Sie

mein Anliegen ernst genommen haben. Dass Sie mich allerdings als

religiösen Fanatiker bezeichnen, der Selbstjustiz übt, wird meiner Sache

nicht gerecht. Ich bin ein Kreuzritter, der die religiösen Werte schützt – und

nicht beschmutzt.

Jetzt werden Sie sehen, wie das Unreine ausgelöscht wird, auf dass die Welt

erkennt, dass nur der Reine bestehen wird.

Titus

Bernd las diese E-Mail immer und immer wieder. Er loggte sich im Internet ein und gab des Satz des Betreffs im Suchprogramm ein. Er stieß auf einen Vermerk auf den Brief des Paulus von Tarsus an Titus. Er verließ das Büro und ging in einen Raum im Verlagsgebäude, der eine Bibliothek enthielt. Dort fand er nach kurzem Suchen, nach was er gesucht hatte – die Bibel. Und er fand die gesuchte Stelle, auf die sich „Titus" bezog:

„Denn es gibt viele unbotmäßige Menschen, Schwätzer und Verführer [...]. Ihnen muss man den Mund stopfen [...]. Darum weise sie streng zurecht, damit sie im Glauben gesund bleiben und sich nicht auf [...] Satzungen von Menschen einlassen, die von der Wahrheit abirren [...]."

Bernd begriff, dass „Titus" seinen Kreuzzug nicht beenden würde, bevor ihm nicht die entsprechende Aufmerksamkeit und auch gesellschaftliche Anerkennung zuteil werden würde. Er schloss die Bibel, die er seit langem nicht mehr angerührt hatte, und stellte sie zurück an die ihr zugedachte Stelle. Er wusste, dass sich die Polizei mit ihm in Verbindung setzen würde, und so würde er warten.

29.

Thomas war fast erstaunt über die herzliche Begrüßung der Hausherrin, als sie Sabine vor ihrer Haustür stehen sah. Es war später Nachmittag und der Arbeitstag hatte in diesem Gewerbe erst begonnen. So war es nicht verwunderlich, dass die attraktive Frau mittleren Alters, die vor ihnen stand, noch Lockenwickler im Haar hatte. Wir Thomas erfuhr, hieß sie Marie und war gebürtige

Argentinierin. Marie und Sabine umarmten sich innig, als sie sich wieder sahen. Es begann eine rege Unterhaltung über das Geschäft im horizontalen Gewerbe. Marie klagte über die schwierige Situation, verursacht durch die Weltwirtschaftskrise. „Jetzt wollen die Kunden schon Flatrates, aber das machen wir in diesem Etablissement nicht. Wir sind ein niveauvolles Haus. Und wer zu uns kommt, weiß, dass er einen besonderen Service erhält. Und er weiß auch, dass dies seinen Preis hat." Marie musterte Thomas mit ihren großen braunen Augen, in denen man die Lebenserfahrung dieser Frau erkennen konnte. Später würde ihm Sabine die Geschichte dieser Frau erzählen, die aus armen Verhältnissen kam, nach Deutschland auswanderte, als Prostituierte zu arbeiten begann und es durch Fleiß, Disziplin und – wie die Lateinamerikaner so schön sagten - „matemática en su mente" - also Grips, zu einem eigenen Haus mit liebenswerten und engagierten Frauen gebracht hatte. Marie hatte ihre Schäfchen im Trockenen und es war klar, dass sie in naher Zukunft ihren Wohnsitz nach Mallorca verlegen würde, um dort ihren Ruhestand zu verbringen – verdientermaßen. Vielleicht würde sie auch wieder nach Argentinien zurückgehen, wo sie ihren Eltern ein kleines Häuschen auf dem Land gekauft hatte.

Sabine und Marie kannten sich noch aus der Zeit, als Sabine Streife ging. Es gab einmal einen Vorfall in Maries Haus, der einen Polizeieinsatz notwendig machte. Sabine wusste nicht, warum sie Marie auf Anhieb mochte. Vielleicht war es der wunderschöne spanische Akzent oder diese unglaublich attraktive und ehrgeizige Frau, die trotzdem ihre Natürlichkeit und Fairness behalten hatte. Warum Marie nie einen reichen Mann heiratete, hatte Sabine nicht verstanden. Erst später, als sie Marie besser kannte, wusste sie, dass warum. Marie war lesbisch. Es war fast nicht zu glauben, aber Marie hatte es ihr selbst erzählt. Sex war für Marie ein Geschäft, dass sie niemals halbherzig anging. Trotz – oder vielleicht wegen – ihrer sexuellen Neigung war sie Männern immer sehr zugetan, wenn auch nur bis zu einem gewissen Grad. Marie wurde bald eine begehrte Hure, da sie immer ihr Herz am rechten Fleck hatte. Für ihre Freier war es etwas besonderes, dass Marie ihnen eine besondere Aufmerksamkeit zukommen ließ. Doch ihre wahre Leidenschaft gehörte dem weiblichen Geschlecht. Und Sabine schien genau ihr Typ zu sein.

Sie unterhielten sich lange über alte Zeiten und über Neuigkeiten im „Milieu". Thomas fühlte sich in diesem Moment deplaziert und versuchte, das Gespräch auf das eigentliche Thema zu bringen. In einer kleinen Gesprächspause schaltete er sich ein. Er nickte Sabine zu und sie verstand sofort. Sie wandte sich zu Marie: „Liebes, wir sind aus einem anderen Grund hier." Marie war das durchaus bewusst gewesen. „Eine junge Prostituierte ist getötet worden. Hast du etwas davon gehört." Marie war kurz still, stand auf und ging ein wenig im Zimmer auf und ab. „Nein, ich habe nichts davon gehört. Aber du weißt selbst, dass in unseren Kreisen nicht viel darüber geredet wird. Dieses Risiko ist allgegenwärtig."

„Wir suchen Zeugen, die vielleicht gesehen haben, wer sie mitgenommen hat." Sabine wusste, dass es sehr schwierig war, die Frauen zu einer Aussage zu bewegen. Im Milieu wurden Angelegenheiten wie diese anders geregelt. Aber es war ein Chance, die sie nutzen wollte.

Marie erklärte sich bereit, sich umzuhören. Nach einer innigen Umarmung und auch nach einem herzlichen Abschied von Thomas verließen sie Marie, um sich auf den Weg zum Verlagshaus des Tagblatts zu machen.

30.

Thomas setzte Sabine bei der städtischen Klinik ab. Es war bereits früher Abend und Sabine wollte auf jeden Fall nach ihrer Mutter sehen. Thomas erklärte sich bereit, den Journalisten Schwenger alleine zu besuchen und so verabschiedeten sie sich am Eingang des Krankenhauses. Heide war aus der Intensivstation verlegt worden und lag jetzt in einem Zweibettzimmer des Krankenstation. Sabine betrag das Zimmer. Die andere Frau sah von einem Buch auf und vertiefte sich sofort wieder in ihre Lektüre. Heide drehte den Kopf zur Tür und lächelte, als sie ihre Tochter erblickte. Sabine nahm sich einen Stuhl aus der Ecke und setzte sich neben ihre Mutter ans Bett. Sabine fühlte sich in die Zeit zurückversetzt als ihre Mutter neben ihrem Bett saß, wenn sie krank war. Jetzt war es Sabine, die die Hand ihrer Mutter hielt. Sie schwiegen, doch es war kein unangenehmes Schweigen. Es war auf einmal eine tiefe Vertrautheit zwischen ihnen, die Wörter nur stören würden. So verweilten sie lange Zeit, und ließen ihren Gedanken freien Lauf.

31.

Zur gleichen Zeit erreichte Thomas das Verlagsgebäude des städtischen Tagblatts. Es war ein moderner Flachbau mit großen Fensterfronten. Es war erst früher Abend, doch die Wintertage waren noch kurz und so war der Verlag hell erleuchtet. In fast allen Büros brannte noch Licht und es regte noch hektisches Treiben, um die Artikel für die nächste Morgenausgabe fertig zu stellen. Thomas wartete an der Rezeption auf den Journalisten, der wahrscheinlich den ersten Kontakt mit dem Täter hatte. Thomas war überrascht, als der Journalist ihn bei der Rezeption begrüßte. Er hatte einen jungen, dynamischen und ehrgeizigen Mann erwartet, jedoch entsprach Bernd Schwenger überhaupt nicht dieser Vorstellung. Er war nicht besonders groß, seine äußere Erscheinung war fast schmuddelig. Unrasiert und mit ungewaschenen Haaren, mit Bauchansatz und dem aufgedunsenen Gesicht erkannte Thomas sofort, dass Bernd ein Alkoholproblem hatte. Sie gaben sich die Hand und stellten sich vor, dann folgte Thomas Bernd in sein kleines Büro in der zweiten Etage. Das Büro entsprach ganz seinem Nutzer – unaufgeräumt, fast chaotisch, mit Bergen von Papier. Neben dem PC standen Kaffeebecher und Teller, auf denen noch Essensreste lagen. Der Journalist hatte vor langer Zeit aufgehört, sein Leben in Ordnung zu halten. Doch Thomas erkannte sofort in seinem Blick einen scharfen Verstand, der trotz aller widrigen Umstände fähig war, zu kombinieren und entsprechende Schlüsse daraus zu ziehen. Sie setzten sich an einen kleinen Tisch, auf dem – wie überall – Papier und Notizen lagen. Bernd legte Thomas die ausgedruckte E-Mail vor, die er heute erhalten hatte.

„Glauben Sie, dass der Täter es geschrieben hat?"

Bernd zuckte mit den Schultern. „Es hätte jeder sein können." Dann gab es Thomas den Brief, den er zuvor erhalten hatte. Das Schreiben war anonym und enthielt Hinweise auf die zuvor begangenen Taten. Thomas konnte nur vermuten, dass der Täter ihn geschrieben hatte – jedoch konnte es auch eine Person gewesen sein, die sich mit dem Fall in irgendeiner Form beschäftigt hatte. „Den werde ich mit aufs Revier nehmen. Vielleicht können wir Hinweise auf den Schreiber bekommen." Bernd nickte nur und setzte sich wieder. Thomas bemerkte, dass Bernd noch etwas zu sagen hatte. Er wartete. Bernd fing an, in seinen Papierbergen rumzufingern. Dann öffnete er eine Schublade und holte einen Flachmann hervor. Er nahm einen Schluck und setzte die Flasche ab. Er deutete darauf und begann dann: „Hatte eine Menge Beziehungsprobleme. Die sind beendet, aber jetzt habe ich ein Alkoholproblem." Thomas sagte nichts, sondern hörte nur zu. Er fühlte, dass Bernd etwas zu sagen hatte, deswegen ließ er ihn weitersprechen, ohne ihn zu unterbrechen oder Fragen zu stellen. „Ich habe einmal ein Semester Theologie studiert, bin dann aber auf Journalistik umgeschwenkt. Trotzdem hat mich das Thema Religion und seine ganzen Auswirkungen nicht losgelassen, also habe ich früher viel Recherchen durchgeführt in Sachen Sekten und ihre Verführungskünste, Okkultismus und heidnische Religionen. Ich kann Ihnen nur eines sagen: es gibt viele Gründe, warum Menschen zu Fanatikern werden. Aber das Ziel ist meistens das eine – es geht um das Gefühl, Macht zu haben über andere."

Thomas blieb einen Moment sehr still und sah Bernd nur an, so als ob er seine Worte auf sich wirken lassen wollte. Dann nahm er den anonymen Brief und die E-Mail und verabschiedete sich. Bevor er das Büro verließ drehte er sich nochmals um und nahm ein Blatt Papier und einen Stift und schrieb einen Namen auf. „Rufen Sie dort an. Das ist ein sehr guter Psychologe, den ich seit Jahren gut kenne. Er kann Ihnen helfen." Bernd nahm den Zettel und lächelte. „Ich melde mich bei Ihnen, wenn ich Neuigkeiten habe." Es war wieder ein gutes Gefühl, gebraucht zu werden.

32.

Sabine verließ das Krankenhaus und ging zur nächsten Straßenbahnhaltestelle. Sie fuhr gern mit öffentlichen Verkehrsmitteln, Menschen zu beobachten, sich vorzustellen, wie sie ihr Leben verbrachten. Die Menschen kamen jetzt meist von der Arbeit. Teilweise saßen sie auf ihrem Platz, mit müdem Blick und erschöpft. Sie waren auf dem Weg nach Hause, zu ihrer Familie, oder in eine leere Wohnung. Sabine hatte sich oft vorgestellt, wie es sein würde, wenn sie einmal älter war. Ob sie einen liebevollen Mann hatte, der sich um sie kümmerte, vielleicht ein oder zwei Kinder. Doch andererseits konnte sie sich ein geregeltes Leben mit Familie und Kindern nicht vorstellen. Sie kannte ihre Neigungen, ihre wechselnden Liebschaften und ihre Schwäche für das Rotlichtmilieu, in dem sie sich immer wieder verlor. Der Besuch heute bei Marie hatte ihr wieder deutlich gemacht, wie sehr sie sich danach sehnte, nach Verruchtheit und Erotik. Wahrscheinlich würde sie auch im horizontalen Gewerbe arbeiten, hätte sie sich nicht für den Polizeiberuf entschieden. Ihrer Mutter hatte sie nie davon erzählt, aber Sabine war sich sicher, dass ihre Mutter immer gespürt hatte, dass Sabine diese Neigungen hatte. Aber Heidi hatte ihr niemals gepredigt, wie sie ihr Leben zu leben hatte. Im Gegenteil: ihrer Mutter war es immer wichtig gewesen, dass Sabine das tat, was für sie wichtig war und dass sie ihr Leben lebte, wie sie wollte. Das Handy klingelte und Sabine schreckte fast auf. Es war Markus, der sie zum Abendessen einlud. Sabine zögerte, sagte dann aber zu. Heute Abend war ihr danach. Sie verabredeten sich für ein Essen einem Restaurant in der Innenstadt, wo sie sich in einer halben Stunde treffen wollten.

Sabine traf nach Markus ein und war überrascht, welchen guten Geschmack er zeigte. Das Restaurant hatte eine gehobene Küche und das Ambiente war fantastisch. Als Sie eintrat, empfing Sie ein Raum mit warmen Kerzenlicht, die Fenster mit den langen hellen Vorhängen reichten bis zum Boden und die Tische waren großzügig verteilt, so dass kein Gefühl der Beengtheit aufkam. Die freundliche Inhaberin nahm Sabine den Mantel ab. Markus saß an einem der hinteren Tische und winkte ihr zu. Meist saßen Paare an den Tischen und Sabine wurde bewusste, dass sich dieses Restaurant besonders für romantische Abende eignete. Sabine nahm am Tisch Platz und bestellte sich einen Wein sowie Mineralwasser. Ihr Dienst war beendet und so ihr nichts im Wege, den Abend zu genießen. Ihrer Mutter ging es wieder besser, und sie plagte kein schlechtes Gewissen – außer vielleicht Thomas gegenüber. Doch andererseits war es immer klar gewesen, dass sie und Thomas nur eine Affäre haben würden, dass sich daraus nie eine Beziehung entwickeln würde. Die Zusammenarbeit im Beruf stand im Weg.

Sabine sah sich kurz um. Auf dem Tisch stand neben der Kerze ein großer Blumenstrauß. Das gepflegte Ambiente beeindruckte sie. Während sie die Speisekarte studierte, die internationale Küche anbot, konnte sie sich nicht zurückhalten. „Wie kann ein Student sich ein Essen ein einem solchen Restaurant leisten – geschweige denn, eine Frau, die – um das nur zu erwähnen – um einiges älter als er ist – einzuladen." Markus bemerkte den etwas sarkastischen Ton in Sabines Stimme und musste lachen. „Warum genießen Sie nicht den Abend? Wenn ich es mir nicht leisten könnte, hätte ich sie zu einem Hamburger in einem Fastfood-Restaurant eingeladen. Aber machen Sie sich keine Sorgen – so etwas mache ich nicht täglich."
„Und warum wollten Sie mich unbedingt zum Essen einladen?"

„Unbedingt ist nicht ganz richtig – ich hatte einfach Lust, sie bei einem zwanglosen Essen kennen zu lernen. Hätten Sie nicht zugesagt, wäre das auch kein Problem gewesen." Sabine entschied sich nach dieser fast arroganten Aussage, Markus ordentlich zu schröpfen, und bestellte ein Rehfilet. Markus bestellt sich Fisch. Sie genoss den wunderbaren Wein und bestellte sogleich nach. Markus hielt nicht hinterher und so entspannte sich die Situation. Sie unterhielten sich über Sabines Beruf, Markus' Studium, Politik und Wirtschaft, Ökologie und Religion. Sie genossen die wunderbar zubereiteten Speisen und so verging der Abend wie im Flug.

Markus bezahlte mit Kreditkarte und sie verließen gegen 23.00 Uhr das Restaurant. Sie waren einer der letzten Gäste. Sie traten nach draußen in die kalte Winternacht und Sabine zog den Mantel enger um ihren Körper. Markus legte seinen Arm um ihre Schultern und fragte mit einem verschmitzten Lächeln: „Und was machen wir jetzt?" Sabine sah ihn an. Sie wusste nicht genau, was der Grund war. Vielleicht hatte der Besuch bei Marie etwas in ihr geweckt, und sie antwortete: „Warum gehen wir nicht zu mir?" Markus lächelte und rief ein Taxi.

Als sie Sabines Wohnung betraten, hielten sie sich nicht mit Höflichkeiten auf. Sie küssten sich sofort, entledigten sich ihrer Kleider auf dem Weg zum Schlafzimmer und wurden immer leidenschaftlicher. Markus setzte sich auf das Bett und sah zu, wie Sabine ihren BH und Slip auszog. Jetzt stand sie nackt vor ihm. Eine Frau, die etwas 15

Jahre älter war wie er. Ihr Körper war schlank und athletisch. Auch wenn ihr Beruf sehr viel Zeit in Anspruch nahm, so versuchte sie so oft wie möglich Sport zu treiben. Sie löste ihren Pferdeschwanz und ihre langen, rötlichen Haare fielen ihr über die Schultern. Markus zog zuerst seine Socken und dann seinen Slip aus. Als Sabine seine Erregung sah, wusste sie, dass es eine schlaflose Nacht würden werde. Als sie im Taxi saßen und auf dem Weg zur Sabines Wohnung waren, hatte sie fast noch ein schlechtes Gewissen: ihrer Mutter gegenüber, die jetzt im Krankenhaus lag und es ihr dadurch ermöglichte, einen Mann mit nach Hause zu bringen, Thomas gegenüber, der wahrscheinlich sehr intensive Gefühle für sie hatte, und Markus gegenüber, der Theologie studierte und der eine sündhafte Nacht vor sich hatte. Doch als Sabine Markus vor sich auf dem Bett sitzen sah, wusste sie auch, dass ihr dieser junge potente Student wundervolle Befriedigung verschaffen würde.

Sabine setzte sich auf seinen Schoß und Markus ließ seine Hände über ihren Körper gleiten. Er liebkoste ihre festen Brüste, küsste ihren Hals. Seine Zunge erforschten ihre Lippen, glitten in ihren Mund, bewegte sich schnell, aber erfahren. Sabine stöhnte vor Erregung und wollte das Vorspiel beenden, um weiterzukommen. Sie legte sich auf das Bett und spreizte die Bein, als sich Markus' Verhalten plötzlich änderte. Er drehte sie auf den Bauch und drückte ihren Kopf in das Kissen. Als er sich über sie beugte, flüsterte er ihr ins Ohr: „Du Schlampe wirst jetzt ordentlich durchgefickt." Dann drang er in sie ein, fast mit

Gewalt. Seine Hand drückte ihren Kopf weiter nach unten und sein Gewicht auf ihr ließ ihr keine Möglichkeit, sich zu wehren. Sabine war verwirrt, aber zu geil, um sich wirklich wehren zu wollen, Markus drang tief in sie ein und bewegte sich schnell. Es war nicht das, was sie sich vorstellte, doch andererseits wurde sie von einer Welle der Erregung durchflutet. Als er fertig war, drehte er sich auf die Seite und schlief gleich danach ein.

Es war noch früher Morgen, als Sabine Markus weckte. Als er die Augen aufschlug, sah er Sabine auf sich sitzen und lächelte. Bis er den Lauf der Pistole sah.
„Du kleines Arschloch", Sabines Stimme war leise und ohne jegliches Gefühl. Die drückte den Pistolenlauf auf seine Stirn. „Du glaubst, du bist der Oberficker, oder was? Ein mieser Liebhaber, absolute Scheiße." Sabine verstärkte den Druck ihrer Pistole. Und sie sah etwas in Markus' Augen, das ihr die Befriedigung verschaffte, die sie letzte Nacht vermisst hatte – sie sah seine Angst.

33.
Den Morgen verbrachte Sabine zu Hause, nachdem sie Markus hinausgeworfen hatte. War er am Abend davor noch selbstbewusste und – vor dem Liebesakt – charmant gewesen, so bemerkte Sabine seine Unsicherheit. Und sie ließ ihn ihre Überlegenheit spüren. Sabine und Thomas telefonierten kurz danach und er berichtete ihr über sein Gespräch mit Bernd Schwenger. Es war nicht sicher, ob es sich bei der E-Mail um den Täter handelte, aber wenn ja,

so waren sie ihm auf der Spur. Im Verlauf des Gesprächs bemerkte Thomas, dass mit Sabine etwas nicht stimmte. „Was ist los, Kleines?" Er nannte sie immer so, wenn er um sie besorgt war. Thomas wusste, dass Sabine in Gefühlsdingen labil sein konnte. Doch sie winkte ab und erklärte ihm, dass sie sich unwohl fühlte. Das war nicht gelogen.

Thomas wollte die pathologischen Berichte durchlesen. Es musste weitere Spuren geben, vielleicht hatten sie etwas übersehen. Sabine wollte gegen Mittag im Revier sein, doch davor sollte ihr Thomas den Inhalt Nachricht „Titus'" zumailen. Sie ging in das Schlafzimmer ihrer Mutter und sah sich um. In der Ecke stand ein Karton mit Büchern, die sie noch nicht ausgepackt hatte. Dort fand sie, was sie gesucht hatte, die Bibel. Es war lange her, dass sie das Buch der Bücher wieder in der Hand hielt.

Es war bereits später Vormittag, als es an der Haustür klingelte. Sabine, die die letzten Stunden in der Bibel geblättert und im Internet recherchiert hatte, brauchte einen kurzen Moment, bis sie das Klingeln registrierte. Vor der Tür stand Thomas, der sie einige Sekunden lang ansah. „Wollt' nach dir sehen, Kleines." Sabine trat zur Seite und ließ ihn hinein.

Sabine wusste, dass sie Thomas nichts vormachen konnte und so begann sie sofort zu beichten. Sie erzählte ihm von der Nacht mit Markus, wohlwissend, dass sie Thomas wahrscheinlich verletzen würde. Sie wusste, dass er noch viel für sie empfang, wenn auch ihre Affäre beendet war.

Doch Thomas hörte ihr zu. Und seine ruhige und verständnisvolle Art war für sie noch schlimmer, als wenn er wütend gewesen wäre. Sie begann und weinen, zuerst lautlos, es waren nur Tränen, die ihre Wangen herunterliefen. Doch dann begann sie heftig zu schluchzen. Und Thomas legte zuerst sanft seinen Arm auf ihre Schulter, dann nahm er sie fest in seine Arme. So saßen sie einige Minuten, bis Sabine wieder in der Lage war, ruhig zu atmen. Sie stand auf und ging in die Küche, um für Thomas und sich einen Kaffee zu holen. Sie setzte sich, atmete tief durch und widmete sich wieder dem Fall.

„Er nennt sich selbst einen Kreuzritter." Thomas überblickte seine Notizen des Vorabends. Vielleicht sollten wir hier nochmals ansetzen. Sabine saß mit zusammengezogenen Augenbrauen über die E-Mail, die Bernd Schwenger erhalten hatte. „Markus können wir nicht mehr zu Rate ziehen. Dieses Arschloch will ich nie wieder sehen."
„Ich glaube, dieser Bernd Schwenger kennt sich in religiösen und okkulten Dingen recht gut aus. Vielleicht sollten wir mit ihm zusammenarbeiten? Außerdem ist er die Verbindung zu dem Täter...." „Wenn der Brief und die E-Mail tatsächlich vom Täter stammen," unterbrach ihn Sabine, „das wissen wir noch nicht. Es kann auch jemand sein, der dadurch Aufmerksamkeit auf sich ziehen möchte."
„Es gibt im Moment nichts Neues. Ich habe heute Nachmittag noch einen Zahnarzttermin," dabei verzog

Thomas das Gesicht und Sabine lachte los. Sie wusste um seine Angst vor Spritzen, „und du wirst heute Nachmittag deine Mutter besuchen. Sie braucht dich jetzt." Sabine nickte und stellte den Kaffee beiseite. „Ich mach mich schnell frisch. Kannst du mich zum Krankenhaus fahren?"

34.

Heidi Beckmann spürte jeden Muskel in ihrem Körper. Der Aufschlag war so heftig gewesen, dass sie für einige Zeit das Bewusstsein verloren hatte Erst am nächsten Tag erfuhr sie, dass sie die erste Nacht auf der Intensivstation verbracht hatte. Ihr rechtes Bein war eingegipst. Es würde lange dauern, bis der Bruch wieder verheilt war. Warum es zu diesem Unfall kam, war ihr bis jetzt unklar. Sie wusste nur noch, dass sie das Haus verlassen hatte, dass sie Richtung Stadtmitte wollte und dass sie die Straße überquerte. Sie war gedankenverloren gewesen. Jedes Kind wusste, dass es zuerst nach rechts und links schauen musste, bevor es über eine Straße lief. Und doch hatte sie Glück gehabt, wenn es auch einige Zeit dauern würde, bis sie körperlich wieder genesen war.

Als sie gestern Abend ihre Tochter besucht hatte, war sie noch benebelt gewesen von den Schmerz-mitteln. Sie hatten kein Wort miteinander gesprochen, aber das war auch nicht nötig gewesen. Allein Sabines Anwesenheit hatte sie glücklich gemacht. Während Heidi über die vergangenen Ereignisse nachdachte, öffnete sich die Tür zum Krankenzimmer. Sie drehte den Kopf zur Seite und sah ihre Tochter an, die rasch zu ihrem Bett kam. Sabine umarmte vorsichtig ihre Mutter und für einige Sekunden verharrten sie in dieser Vertrautheit, die zwar in den Jahren nachgelassen hatte, aber nie verschwunden war. Und Heidi, jetzt bei klarerem Verstand ohne die Betäubungsmittel, erkannte sofort, dass ihre Tochter abgespannt und müde war. Sabine holte einen Stuhl und setzte sich neben das Bett. Sie nahm die Hand ihrer Mutter und streichelte sie sanft. Dabei blickte sie gedankenverloren auf einen imaginären Punkt.

„Was ist los mein Schatz?" Sabine wusste, dass sie ihrer Mutter nichts vormachen konnte. Die Demenz schlich sich langsam in ihren Verstand, doch es gab noch viele klare Momente. Und ihre Mutter war schon immer eine gute Beobachterin. Sabine blickte zur Seite zu der Zimmergenossin, doch diese döste, mit Kopfhörern ihres CD-Players auf den Ohren.

Sabine wusste, dass sie eigentlich nichts über den Fall erzählen sollte, doch sie musste sich einiges von der Seele reden. Und so fing sie an zu reden, über die Opfer, das Motiv, und die erfolglose Suche nach dem Verdächtigen, der – und davon war Sabine überzeugt – ein Spiel mit ihnen begonnen hatte. Er wusste, dass die Polizei unter sehr starkem Druck war und genoss die Aufmerk-samkeit, die man ihm zuteil werden ließ. Heidi hörte ihren Ausführungen aufmerksam zu. Als Sabine geendet hatte, blickte Heidi zur Decke. Sabine schwieg, da sie meinte, ihre Mutter bräuchte einen Moment Ruhe. Aber dann erkannte sie, dass Heide nachdachte über das, was Sabine ihr berichtet hatte.

„Weißt du, warum ich deinen Vater so sehr geliebt habe?"
Sabine musste ihre Tränen zurückhalten bei dem
Gedanken an diesen wunderbaren Menschen. Sie nickte,
aber konnte nicht antworten. Aber Heide beantwortete die
Frage selbst: „Meine Eltern haben nie verstanden, dass ich
mit einem Mann zusammen sein konnte, der Karl Marx
las und die Religionen kritisierte. Aber Gerhard war der
einzige, den ich kannte, der keine Angst vor mir hatte."
Sabine runzelte die Stirn. „Wieso sollte jemand Angst vor
dir haben?"
„Ganz einfach, ich war eine hübsche, attraktive,
selbstbewusste und intelligente Frau. Viele Männer
wollten mit mir ins Bett, aber keiner interessierte sich für
mich als Mensch – bis auf deinen Vater. Er war zwar
Marxist, aber er hatte mehr Respekt vor den Menschen als
viele andere, die jeden Sonntag in die Kirche gingen. Er
vertrat den Standpunkt, dass alle Menschen gleich sind, so
wie es auch in der Bibel steht. Dein Vater war kein Atheist,
aber wollte dich nicht in ein beschränktes Denken
zwängen. Also haben wir dich frei von jeglichen
Religionen erzogen. Du solltest eines Tages selbst
entscheiden, was für dein Leben wichtig ist." Heidi
machte eine kurze Pause und sah wieder zur Decke.
Sabine sah das Bild ihres Vaters vor sich, einen
gutaussehender Mann mit dichtem dunklem Haar, dass mit
dem Alter nicht wirklich weniger wurde. Trotz seines
mäßigen Einkommens war er immer gepflegt gewesen.
Und mit seiner schlanken, sportlichen Figur hätte man ihn
auch als einen Schauspieler halten können. Sabine dachte

immer, dass ihn Heidi wegen seiner attraktiven Erscheinung geheiratet hätte. Sabine brauchte einen Moment, bis sie begriff, dass Heidi weitersprach. „Du weißt, dass ich Geschichte studiert habe. Und eines ist in der Geschichte der Menschen immer gleich geblieben. Der Kampf zwischen den Geschlechtern, zwischen Mann und Frau. Es hat ihn schon immer gegeben, und es wird ihn immer geben. Dass wir voneinander abhängig sind, dass der eine den anderen braucht, um zu überleben, ist uns zwar im Hintergrund bewusst. Trotzdem tobt dieser Kampf seit Tausenden von Jahren. Und ganz besonders wird es deutlich, wenn es zu Extremsituationen kommt, wie in Kriegszeiten. Sieh doch, welche Verbrechen an Frauen begangen werden, obwohl sie Zivilisten sind. Oder unnütze Traditionen wie die Genitalverstümmelung. Wer kommt den auf die Idee, einem Mann den Penis abzuschneiden?" Jetzt sah Heidi ihrer Tochter direkt in die Augen und Sabine sah eine absolute Klarheit in den Worten ihrer Mutter. „Der Mann, den du suchst, ist kein Kreuzritter. Er glaubt es vielleicht, aber seine wahren Beweggründe sind andere. Er jagt und „bestraft" diese Frauen nicht, um Gott zu gefallen. Er tut es, um MACHT auszüüben." Sabine trafen diese Worte wie eine Wucht. Sie erinnerte sich an die letzte Nacht mit Markus. *...du Schlampe wirst jetzt ordentlich durchgefickt...* Ein eiskalter Schauer lief ihr über den Rücken bei dem Gedanken.

Sie sah mit großen Augen ihre Mutter an. Und ihre Mutter sah sie an. Sie hielten einander die Hand, so als ob sie sich verschworen hätten. Und ihre Mutter sagte nur noch einen Satz: „Fang das Schwein."

35.
Als Sabine das Krankenhaus verließ, schaltete sie ihr Handy wieder ein. Jemand hatte versucht, sie zu erreichen. Sabine drückte die Wähltaste und nach einigen Rufzeichen meldete sich Marie.
„Ich habe vielleicht jemanden gefunden, der den Mörder der jungen Prostituierten gesehen hat."
„Wo kann ich sie oder ihn treffen?" Sabine bemerkte die Erregung die sie jedes Mal ergriff, wenn sich in einem Fall eine entscheidende Wendung ergab.
Marie schlug vor, dass sie sich in sich in ihrem Etablissement treffen sollten. Sabine wusste, dass der Zeuge anonym bleiben wollte. Sabine rief Thomas an. Er meldete sich sofort, aber seine Aussprache war noch sehr undeutlich. Sein Zahnarzttermin war anscheinend erfolgreich verlaufen.

Zirka eine Stunde später standen Sabine und Thomas vor Maries Etablissement und klingelten an der Tür. Marie hatte sie bereits erwartet und öffnete sofort. Sie gingen hinein und Marie geleitete sie zu ihrem Arbeitszimmer. Dort saß eine junge Frau . Sie trug eine große dunkle Sonnenbrille, um nicht erkannt zu werden. Sabine setzte sich auf einen Stuhl neben sie. Thomas platzierte sich in einer Ecke des Raumes. Marie verließ den Raum und schloss die Tür, so dass sie ungestört sprechen konnten.

Die junge Frau war verunsichert. Sabine kannte das Milieu gut genug, um zu wissen, dass hier andere Gesetze und Regeln herrschten. Doch Sabine wusste, dass dieser Frau keine Gefahr drohte. „Wie darf ich Sie nennen?"

„Nennen Sie mich Sandy." Sabine wusste, dass sie nie ihren richtigen Namen nennen würde.

„Was können Sie mir über die Person sagen, die ihrer Freundin oder Kollegin das angetan hat?"

Sandy sah auf ihre Hände, die über ihren Schoß verschränkt waren. Der Tod einer Kollegin war immer ein Schock. Er zeigte, welcher Gefahr sich die Frauen aussetzten. Und er zeigte auch die Unfähigkeit, die Frauen von der Gefahr zu schützen.

„Wie hieß ihre Freundin?" Sabine wusste, dass sich Sandy niemals gemeldet hätte, wenn die Ermordete Sandy nicht nahe stehen würde.

„Wir nannten Sie Lori."

„Das ist ein sehr schöner Name. Sandy, was haben Sie gesehen?" Es folgte ein kurzes Schweigen.

„Er kam mit einem Kleinbus." Thomas holte seinen Block heraus, um sich Notizen zu machen. „Eigentlich steigen wir nicht in Kleinbusse. Kleinbusse sind gefährlich." Sabine nickte verständnisvoll und ließ Sandy weiter sprechen.

„Er sprach lange mit Sandy und mir war klar, dass er unbedingt sie wollte."

„Wie kommen Sie darauf?"

„Lori wäre niemals in den Wagen gestiegen. Es gibt genug Prostituierte an der Stadtgrenze, die das machen würden.

Aber wir hier in der Stadt machen das nicht. Aber Lori stieg trotzdem ein."

„Ich denke, er hat eine Menge Geld geboten". Thomas schaltete sich ein. Sandy drehte ihren Kopf zu ihm und stimmte zu. „Ja, er stieg aus dem Auto und gab ihr einige Geldscheine. Sabine beugte sich zu Sabine. „Beschreiben Sie mir den Mann".

„Es war eigentlich ein Durchschnittstyp." Für Sabine war diese Beschreibung ein Gräuel, da sie damit nichts anfangen konnte. „Ist Ihnen nichts Besonderes aufgefallen?"

Sandy überlegte kurz. „Ich habe nicht sein Gesicht gesehen, aber er schaute sich kurz einmal um. Und ich sah seine Augen." Sabine war jetzt ganz nah an Sandys Gesicht. „Und was sahen Sie?"

Sandy sah Sabine in die Augen und sie konnte die Furcht durch die Sonnenbrille sehen: „Ich sah das Böse."

36.

Titus – wie er sich selbst nennt - hat sich zu Erkennen gegeben. Und er weiß, dass die Polizei ihn unter Hochdruck suchte, und auch irgendwann fassen würde. Doch das war unwichtig. Wichtig war, dass er Zeichen setzte. Vielleicht würden es die Menschen nicht verstehen. Vielleicht würden sie ihn einen Psychopaten nennen, so wie das Tagblatt. Aber er plante bereits die Zeit, die er im Gefängnis verbringen würde. Er konnte sich dann ganz auf seine Mission konzentrieren. Und die Menschen würden ihm zuhören. Nicht alle, aber einige schon. Die verstehen würden, was ihn antrieb. Er würde Bücher schreiben über seine Taten, und er würde Menschen finden, die seine Lehren verbreiten würden. Ein neues Zeitalter würde beginnen.

Er wendet sich der Frau zu, die vor ihm auf dem Tisch liegt. Es war schwierig, sie zu finden. Er musste lange nach ihr suchen, denn er kann nicht zufällig auswählen. Die Puzzleteile würden nicht stimmen, das Bild wäre nicht vollständig. Er hatte sie über ein Forum kennen gelernt, war einige Male bei ihr zur „Behandlung", bevor er sie gestern Abend mitnehmen konnte. Er ist immer sehr vorsichtig, denn die Polizei war gewarnt. Aber er musste das Bild beenden, bevor sie ihn schnappen durften. So durfte er keine Fehler machen.

Seine „Auserwählte" ist nicht mehr so jung wie die anderen Frauen. Eine Frau Anfang Vierzig. Mit ihren langen Haaren und den schlabbrigen bunten Klamotten erinnert sie an einen Hippie. Sie ist betäubt, so wie alle anderen. Ihre Augen sind halb geöffnet und können nur schwer erkennen, was um sie herum geschieht. Er streicht ihr übers lange Haar und redet beruhigend auf sie ein. Sie atmet tief und ruhig. Die Betäubung wirkte noch, doch ließ bereits etwas nach. Er spricht mit ihr, erklärt ihr, was er tut. Wahrscheinlich glaubt sie noch daran, dass er sie gehen lassen wird. Doch ihre Gedanken bewegen sich nur schleppend voran, und so fällt es ihr schwer, die Situation einzuschätzen. Erst als er schweigt, sieht sie ihn wieder an. Wieder streicht er durch ihr Haar und tritt hinter sie. Er legt seine warmen Hände an ihre Wangen und lässt seine

Finger entlang ihres Gesichts gleiten. Neben ihrem Kopf liegt ein Stück Seil, dass er ihr langsam über den Kopf zieht, den er dazu etwas anheben muss. Als der Strick um ihren Hals liegt, flüstert er ihr nochmals etwas ins Ohr, und zieht den Strick mit aller Kraft zu.

Sie hat sich nicht gewehrt. Zu überrascht war der Angriff. Sie hatte ihren Mund geöffnet, um nach Luft zu schnappen. Ihre Lungen schrieen nach Sauerstoff, bis etwas in ihr explodierte. Jetzt lag sie vor ihm, die Zunge hing schlaff aus dem Mundwinkel. Der Kopf ist dunkelrot, fast blau. Er hat es schnell beendet, denn er will nicht, dass sie leidet. Er wartet kurze Zeit und berührt mit seinem rechten Daumen ihre Stirn. Er führt das Kreuzzeichen über ihrer Stirn aus und spricht einen Segen. Er zieht ihre Kleider aus und fängt an, sie zu waschen. Wie bei den anderen Frauen ist er sehr vorsichtig. Er hat sich Einweghandschuhe angezogen, um keine Spuren zu hinterlassen. Keine Spur seiner Haut, die für einen Gentest geeignet wäre.
Nachdem er sie gereinigt hat, nimmt er eine Metallkapsel zur Hand und steckt ein Stück Pergament hinein. Dann trägt er den toten Körper in seinen Kleinbus, der vor dem Gebäude steht. Die Tür ist bereits geöffnet. Auf dem Boden des Laderaums liegt eine Plastikfolie, in die er den Körper einwickelt.
Er fährt durch die dunkle Nacht und bringt die Frau zurück in ihr Haus, in dem sich unten ihr kleiner Laden befindet. Überall stehen Flakons, Fläschchen, kleine Tüten. Der

Inhalt soll die Menschen heilen, so behauptet sie jedenfalls. Wahrscheinlich glaubte sie es auch. Doch Heilung erfährt nur die Seele, und nur durch GOTT, davon ist er überzeugt. Okkulte Gegenstände, Symbole und Masken hängen an den Wänden oder stehen in den Regalen. Auch ein Kreuz hängt an der Wand.

In der kleinen Wohnung bewegen sich stille Gestalten. Die Katzen verfolgen neugierig, was der Fremde hereinträgt. Er legt den in Plastikfolie gehüllten Körper auf das Bett, die Metallkapsel hängt um ihren Hals. Es würde nicht lange dauern, bis sie jemand finden würde.

Er geht hinunter in den Laden und nimmt das Kreuz von der Wand. Seine Taschenlampe setzt er nur sehr sparsam ein, so dass niemand in dieser Nacht Verdacht schöpfen konnte. Doch das Gebäude befand sich in einer ruhigen Straße und er ist sicher, dass die Nachbarn tief und fest schlafen. Er steckt das Kreuz in seine Tasche und verlässt das Gebäude durch den Hintereingang. Sein Kleinbus steht direkt vor dem Haus. Er setzt sich hinein und lässt den Motor an. Bevor er losfährt nimmt er das Kreuz aus seiner Tasche und sieht es an. Er streicht mit seinen Händen darüber. „Nur noch eine, dann ist das Bild vollendet."

37.

Der Radiowecker spielte schon geraume Zeit moderne Chartmusik, bevor Bernd Schwenger langsam aus seinem Schlaf erwachte. Es war lange her, dass er zum letzten Mal ohne Kopf-schmerzen erwacht war. Er hatte gestern Abend nichts mehr getrunken und war für seine Ver-hältnisse früh zu Bett gegangen. Er wusste, dass diese Geschichte einen neuen Anfang für ihn bedeuten würde. Sein altes Leben konnte er nicht wieder zurückhaben, aber es war für ihn Zeit, aus seiner Lethargie zu erwachen.

Er ging in die Küche, um sich einen Kaffee zu machen. Er trug nur einen Morgenmantel. Sein aufgedunsener Körper war für ihn fast unerträglich und er nahm sich vor, wieder täglich Sport zu machen. Eine fast nicht mehr gekannte Energie floss durch seinen Körper, wenn es auch lange dauern würde, bis er wieder in wirklich guter Verfassung war. Doch in seinem Kopf hatte bereits ein neues Leben begonnen.

Draußen dämmerte es gerade und Bernd setzte sich auf die Couch im Wohnzimmer, um seinen Kaffee zu trinken. Seine Wohnung war ein einziges Durcheinander. Sein Blick streifte umher und er nahm sich vor, am Wochenende aufzuräumen.

Das laute Klingeln schreckte ihn aus seinen Gedanken. Er blickte zum Telefon, brauchte aber kurz einen Moment, bis er aufstand und den Anruf entgegennahm. Langsam führte er den Telefonhörer ans Ohr. „Ja?"

„Spüren Sie das Leben, wie es durch Ihre Adern fließt?" Bernd musste nicht fragen, wer am Telefon war, und so hauchte er nur „Titus" in den Hörer.

„Es freut mich, dass Sie mich erkennen." Seine Stimme war künstlich, er benutzte einen Verzerrer.

„Was wollen Sie?"

„Ich möchte, dass Sie über mich schreiben."

„Das habe ich bereits. Haben Sie meinen Artikel nicht

gelesen?"

„Der Artikel ist der Anfang, aber ich möchte, dass Sie über mich schreiben, was ich wirklich tue." Bernd musste schlucken. Er wusste, dass er sich jetzt auf unbekanntes Terrain begab. „Ich weiß, dass Sie Frauen töten." Der Schrei tönte durch das Telefon. „SIE WISSEN GAR NICHTS!" Bernd starrte auf den Hörer. „Titus?" Die Leitung war unterbrochen. Bernd legte den Hörer langsam auf. Sein Herz pochte ihm bis zum Hals. Langsam ging er zu seiner Garderobe und holte eine Karte aus seiner Jackentasche. Er nahm den Hörer wieder in die Hand und wählte Thomas Metzgers Mobilnummer.

38.

Es war noch früh am Morgen, als Sabine und Thomas den kleinen Laden in der Seitenstraße betraten. In den Räumen schwebte der penetrante Geruch von Räucherkerzen, allerlei Krimskrams stand in Regalen, auf Tischen oder auf dem Boden. Sabine machte sich bewusst, dass der Mörder erst vor wenigen Stunden hier gewesen war. Sie schloss die Augen und versuchte sich vorzustellen, wie er in den dunklen Räumen entlang schlich, nachdem er die Leiche sorgfältig auf das Bett im oberen Stock gelegt hatte. Ruth de Jong war in gewissen Kreisen sehr bekannt gewesen. Von einigen Menschen wurde sie als Medium bezeichnet. Auf dem Kassentisch lagen ihre veröffentliche Bücher, in denen sie die Menschen aufrief, den Luxus abzustreifen und sich wieder auf die Natur zu konzentrieren. Später würde Sabine erfahren, dass Ruth auch Mitglied in verschiedenen Zirkeln war, sich selbst eine „Hexe" nannte und zwar im ursprünglichen Sinne, als Hexen noch weise Frauen waren, die mit sich und der Natur im Reinen waren, die über die Wirkung von Kräutern und Pilzen genauso Bescheid wussten wie über Verfahren zur Heilung von Körper und Geist.

Ruths Mitarbeiterin fand sie an diesem Morgen. Normalerweise begann der Tag sehr früh mit der Zubereitung von Salben oder Teemischungen. Doch heute Morgen war Ruth nicht aufgestanden. Ihre Angestellte, eine resolute und stämmige Mittvierzigerin, fand sie im Bett, auf dem sie lag wie ein Ausstellungsstück auf einem Podest. Sie bemerkte sofort, dass Ruth nicht mehr lebte. Ihr Gesicht war aschfahl und bewegungslos. Sie lag unter einer Decke, ihr Körper war nackt. Um den Hals trug sie ein dunkelblaues Band.

Die Polizei traf nur wenige Minuten nach dem Anruf am Tatort ein. Als Sabine die Tote sah, dachte sie daran, was ihre Mutter gestern zu ihr gesagt hatte: *Er jagt und bestraft diese Frauen nicht, um Gott zu gefallen. Er tut es, um MACHT auszuüben.*

Die Gerichtsmediziner trafen ein, um die Spuren zu sichern. Nachdem Fotos von der Toten aufgenommen waren, entfernte Sabine das blaue Halsband. Darunter war der Hals mit tiefroten Striemen bedeckt und Sabine erkannte sofort, dass Ruth stranguliert worden war.

„So hat der Kreuzritter ein neues Opfer zur Strecke gebracht," bemerkte Thomas fast beiläufig.

„Er ist kein Kreuzritter," Thomas sah Sabine an, „er ist nur ein psychopathisches Arschloch." Sabine entfernte die Decke, unter der Ruth gelegen hatte. Ihr Körper zeigte keine Anzeichen von Gewalt. Die Metallkapsel war mit einem Lederband um das Handgelenk geschlungen. Sabine entfernte die Kapsel, nachdem weitere Fotos gemacht worden waren. Sie legte die Kapsel samt Lederband in einen Plastikbeutel und verschloss diesen. Sie bezweifelte, dass sie Hinweise auf den Mörder finden würden. Der Körper war mit Sicherheit gereinigt worden, so dass keinerlei Spuren zurückgeblieben waren. Sie ging mit Thomas hinunter in den Laden und sah sich um. Während sie in den Büchern auf dem Kassentisch blätterte, klingelte Thomas' Mobiltelefon. Sie vertiefte sich in das Buch, in dem Ruth die Hexenzirkel beschrieb und verfolgte das Telefonat nicht. Erst als Thomas sanft seine Hand auf ihre Schulter legte, zuckte sie zusammen und drehte sich zu ihm um. „Wir müssen zu Bernd Schwenger. Er hatte Kontakt zu Titus." Sabine nickte und folgte Thomas zum Wagen.

39.
Die Leiche von Ruth de Jong wurde behutsam in die Pathologie gebracht. Dr. Karin Weigelt legte sehr viel Wert darauf, dass die toten Körper nicht wie Hüllen, sondern trotzdem, oder aber gerade deshalb, mit der Würde behandelt wurden, die sie verdienten. Oftmals, wenn sie alleine im Sezierraum war, sprach sie auch mit den Körpern, in denen vor kurzer Zeit noch Leben steckte mit Wünschen und Sehnsüchten. Und trotz der langen Jahre,

die sie jetzt schon in der Pathologie arbeitete, überkam sie Melancholie, wenn sie sich vorstellte, dass diese Menschen gewaltsam aus ihrem Leben gerissen wurden, ohne ihnen die Möglichkeit zu geben, sich auf die Ewigkeit vorzubereiten. Sie hatten nicht mehr die Chance gehabt, sich von ihren Liebsten zu verabschieden, oder sich einen letzten Wunsch zu erfüllen.

Ruth war nicht mehr so jung wie die anderen Opfer des Hexenjägers. Aber sie hatte sich eine eigene kleine Welt geschaffen, in der sie sich wohlfühlte.

Dr. Weigelt erkannte an der Leiche sofort die Striemen am Hals. Nach einer kurzen Untersuchung konnte sie mit Gewissheit feststellen, dass die Leiche stranguliert worden war. Anzeichen von Gewalt gab es keine. Der Täter hatte, wie auch bei den anderen Frauen, den Körper gereinigt. Die einzige Ausnahme war die verbrannte Leiche der Prostituierten. Doch auch bei ihr hatten sie noch Rückstände von Shampoo im Haar entdeckt, was darauf hindeutete, dass der Leiche kurz vor dem Verbrennen noch die Haare gewaschen wurden.

Dr. Weigelt beendete die Untersuchung und widmete sich dem kleinen Plastikbeutel, in dem sich die Metallhülse befand. Sie wusste, was sie darin finden würde: ein kleines zusammengerolltes Pergament, auf dem die Worte „*Malleus Malificarum* " geschrieben waren. Doch während sie das kleine Stück Papier unter der Lampe begutachtete, fielen ihr Schattierungen auf dem Pergament auf. Sie verließ den Sezierraum und ging den Flur hinunter zu einem weiteren Laborraum der Gerichtsmedizin. Sie traf auf eine junge Kollegin, die erst seit kurzer Zeit im Labor beschäftigt war und gab ihr das Pergament. „Sieh dir das mal genauer an." Die junge Frau, die sich gerade noch Fasern unter dem Mikroskop angesehen hatte, nahm behutsam das kleine Stück Papier und sah Dr. Weigelt an. „Ich glaube, die Schattierung auf dem Papier ist ein Fingerabdruck. Anscheinend legt es unser Mann darauf an, gefasst zu werden."

40.
Sabine und Thomas saßen in Schwengers unaufgeräumten Wohnzimmer. Während Bernd in seiner Küche einen Kaffee zubereitete, versuchten sie, über die Unordnung hinwegzublicken, was den beiden zuerst nicht leicht fiel. Als er mit zwei großen Tassen zurück kam, bemerkte er die Blicke, die sie durch den Raum schweifen ließen. Er stellte die Tassen auf zwei freie Stellen auf dem vollbepackten Couchtisch. Schnell sammelte er einige Papierhäufen zusammen und legte sie auf den Boden. Den Morgenmantel hatte er in der Zwischenzeit durch eine Jeans und einen Rollkragenpullover ausgetauscht. „Das Chaos in meinem Wohnzimmer zu beseitigen ist noch die leichteste Übung, die mir bevorsteht." Sabine, die Bernd zuvor noch nicht getroffen hatte, schaute ihn interessiert an. Obwohl ihr Thomas während der Fahrt zu Schwengers Haus einiges über ihn und seine privaten Probleme erzählt hatte, konnte sie sich nicht erwehren, dass dahinter noch viel mehr steckte.
Bernd setzte sich in einen Sessel. Für einige Sekunden

herrschte Stille bis auf das Ticken einer Uhr. Sabine bemerkte, dass es für den Journalisten unangenehm war, sich in dieser Umgebung zu zeigen. Der Privatbereich enthüllt viel über einen Menschen. Die ganze Unordnung machte nur die Orientierungslosigkeit Schwengers deutlich. Doch es schien ihm nicht mehr gleichgültig zu sein, das war ihm deutlich anzumerken. Vielleicht war es ihm umso peinlicher, da eine Frau in seinem Wohnzimmer saß.

„Das erste Mal hat er vor ca. einer Stunde angerufen."

„Er hat sich nochmals gemeldet?" Thomas beugte sich vor, so als ob er dadurch Bernd besser verstehen könnte.

„Ja, kurz nachdem ich Sie angerufen und Bescheid gegeben habe. Er möchte unbedingt, dass ich ein Buch über ihn schreibe und seine Motive erkläre. Irgendwie..." – Bernd lächelte fast verlegen – „...vertraut er mir, oder besser gesagt, er ist überzeugt, dass ich in der Lage bin, seine Geschichte so wiederzugeben, dass es in seinen Augen der Wahrheit entspricht – was immer das auch bedeutet."

„Wenn Sie über ihn schreiben sollen, werden Sie regelmäßig Kontakt zu ihm halten müssen." Sabine wiegte den Kopf zur Seite. „Wie stellt er sich das vor?"

„Er rechnet damit, dass Sie ihn fassen. Das Buch soll entstehen, wenn er bereits im Gefängnis ist. Sehen Sie, die Gefangenschaft ist ein Teil dessen, was er darstellen möchte: ein Kämpfer für den Glauben, der für seine Überzeugung alles in Kauf nimmt."

„Bullshit", Sabines Mundwinkel zogen sich nach unten,

„damit will er nur berühmt werden, das ist alles. Er will der Geschichte seinen Stempel aufdrücken und sagen: seht her, das war meine Zeit. Dieser Mann tötet Frauen, er ist ein Mörder. Und er weiß ganz genau, dass die Menschen das lesen wollen. Die Bekenntnisse eines Mörders – so was verkauft sich immer gut." Bernd sah fasziniert zu, wie sich Sabine in Rage redete.

„Das habe ich ihm auch gesagt. Dass er Frauen tötet."

„Und was hat er geantwortet?"

„Er hat mich angeschrien, ich wüsste gar nichts. Das war im ersten Telefonat. Danach hat er aufgelegt."

„Und dann hat er sich wieder gemeldet und Ihnen nochmals angeboten, sein Buch zu schreiben?"

„Genau. Seine Stimme war wieder ruhig. Er nannte mich einen Unwissenden und dass er es verstehen würde, er hätte jeden Tag damit zu tun. Und dass er diese Frauen nicht töten würde."

„Ach nein, was tut er dann?"

„Er führt sie zu GOTT." Sabine und Thomas sahen zuerst sich an und dann wieder Bernd. Wieder herrschte für einige Sekunden Stille, bevor Bernd weitersprach. „Die Inquisitoren töteten seinerzeit Ketzer und Ungläubige, um ihre Seelen zu retten. Ich denke, unser Freund handelt aus den gleichen Motiven."

Sabine nickte langsam. „Ja, er ist wahrlich ein echter Kreuzritter."

41.

Der Fingerabdruck auf dem Pergament konnte der

Durchbruch sein. In den Räumen der Gerichtsmedizin herrschte entsprechend Aufregung. Jetzt war zu hoffen, dass der Abdruck bereits in einer Polizeidatei gespeichert war.

Sabine und Thomas sollten nach ihrem Gespräch eigentlich zum Polizeirevier zurückfahren, doch stattdessen waren sie auf dem Weg zum Verlag, der das städtische Tagblatt veröffentlichte. Ludwig Bohn, der Chefredakteur und Vorgesetzter Schwengers, war nicht überrascht, als Sabine und Thomas in seinem Büro standen. Sabine hatte darauf bestanden, mehr über Bernd Schwenger zu erfahren. Er war der Kontakt zu „Titus" und der Mörder vertraute ihm anscheinend. Der Journalist würde den Tag heute zuhause verbringen, falls sich der Hexenjäger wieder telefonisch bei ihm melden sollte. Bohn schien das genaue Gegenteil von Schwenger zu sein. Seine gepflegte Erscheinung entsprach genau seinem Umfeld. Sein Büro war akribisch geordnet, auf seinem Schreibtisch schien alles seinen Platz zu haben. Umso verwunderlicher war es für Sabine, dass Bohn Schwenger die ganze Zeit weiter beschäftigt hatte, trotz seiner Alkoholprobleme und Depressionen. Das Büro lag im fünften Stock des Verlagsgebäudes. Die Fensterfront an der einen Seite ermöglichte einen Blick auf die Innenstadt. Es hatte leicht zu schneien begonnen und der Tag würde kalt und trüb werden. Bohn führte sie zu einer kleinen Sitzecke in seinem Büro und ließ von der Sekretärin Kaffee und Tee bringen. Die warmen Getränke waren geradezu eine Wohltat und Sabine konnte ihren Blick nicht von der Fensterfront abwenden.

„Beeindrucken, nicht? Wir leben zwar nicht in einer Metropole wie London oder New York, aber da draußen gibt es genug Geschichten, über die es zu berichten gibt." Bohns Stimme hatte ein angenehmes Timbre und Sabine konnte sich vorstellen, ihm stundenlang zuzuhören.

„Warum haben Sie ausgerechnet Bernd Schwenger mit dem Artikel über den Hexenjäger betraut?"

„Na, weil er sich mit Religion, Glaube, Aberglaube und Okkultismus sehr gut auskennt. Er hat früher sehr gute Recherchen durchgeführt und an einigen erfolgreichen Sachbüchern über solche Themen mitgeholfen." Bohn lehnte sich jetzt zu Sabine vor. „Aber das ist es nicht, was Sie wirklich wissen wollen, nicht wahr? Sie wollen wissen mehr über Schwenger wissen." Sabine war über Bohns direkte Art fast verunsichert. Hatte man ihr ihre Beweggründe so genau angesehen? Doch diese Unsicherheit war nur für einen kurzen Moment. Sie erwiderte Bohns Blick. „Er ist der Kontakt zu einem Serienmörder. Erzählen Sie uns alles."

42.
Titus wusste, dass er sich beeilen musste. Der Fingerabdruck auf dem Pergament war für die Polizei ein Zeichen, dass es ihm nicht darauf ankam, unentdeckt zu bleiben. Er musste gefasst werden, damit seine Geschichte erzählt werden konnte – und Bernd Schwenger war genau der Richtige Mann dafür. Titus hatte sich in den letzten Tagen mit Schwengers Geschichte beschäftigt. Ein

erfolgreicher Journalist, der in die Vergessenheit abgesunken war – und das wegen einer Frau. War es nicht immer so? Waren die guten Männer nicht immer wegen Frauen zu Taten getrieben worden, die nicht ihrer Natur entsprachen? Bereits Shakespeare hatte erkannt, dass die Frau der Grund des Übels war, und hatte es in seinen Stücken wie „Hamlet" oder „Macbeth" niedergeschrieben. Und selbst in seiner Liebesgeschichte „Romeo und Julia" war es Julia gewesen, die Romeo in den Tod getrieben und seine Familie in tiefe Trauer gestürzt hatte, wenn Julia auch nicht in böser Absicht, sondern aus Liebe gehandelt hatte. Doch selbst die Liebe hatte oft genug dazu geführt, dass sich Menschen getötet oder ins ein anderes Unglück gestürzt hatten.

Titus konnte die Frauen nicht aus der Welt verbannen. Doch er konnte sie dafür bestrafen, was sie Männern antaten. Sie brachten sie um ihren Verstand, sie animierten sie dazu, Menschen zu töten und Kriege zu führen, ihre Reize verführten sie, machten sie machtlos und dumm. Und nur die Frauen, die ihren Weg zu GOTT gefunden hatten, die gehorsam und demütig ihre Pflicht erfüllten, nur sie waren dazu bestimmt, einen Platz an der Seite eines Mannes einzunehmen.

Titus wollte die Geschichte neu beginnen, in der er der Frau ihren angestammten Platz zuwies. Aber dazu benötigte er einen gebildeten Schreiber, der zu schätzen wusste, was Titus getan hatte. Bernd Schwenger war ein Glücksfall, er war geradezu prädestiniert, dieses Buch zu schreiben. Und dadurch würde er wieder die Anerkennung finden, die er vor Jahren verloren hatte. Durch Titus würde Schwenger Wiedergutmachung erhalten für das, was ihm seine Frau vor Jahren genommen hatte.

43.

Sabine sah die ganze Zeit aus dem Fenster, während Bohn über die Schicksalsschläge erzählte, die Schwenger widerfahren waren. Er kannte ihn lange und gut genug, und wusste wahrscheinlich mehr über ihn als Schwengers Freunde, falls er noch welche hatte. Man konnte fast den Eindruck gewinnen, dass Sabine nicht wirklich zuhörte. Doch auch wenn sie ihre Blicke über die alten Häuser der Innenstadt gleiten ließ, so gehörte ihre ganze Aufmerksamkeit Bohns Erzählungen.

Als sie das Verlagsgebäude verlassen hatten und zum Polizeirevier fuhren, war Sabine sehr still und nachdenklich. Thomas kannte diesen Zustand und störte sie nicht. Er wusste, dass sie versuchte, aus den ganzen Informationen Teile zu finden, die zusammenpassten. Er warf ihr nur ab und zu einen Blick zu, konzentrierte sich aber dann wieder auf den Straßenverkehr.

Als sie im Revier angekommen waren, ging Sabine schnurstracks in ihr Büro. Sie schaltete ihren PC ein und surfte durch das Internet. Thomas erkundigte sich unterdessen bei der Gerichtsmedizin, ob der Fingerabdruck ein Ergebnis zustande gebracht hatte, doch die Suche war bisher erfolglos geblieben. Als er später wieder das Büro betrat, war Sabine verschwunden. So setzt er sich daran, seinen Bericht zu schreiben und seine Notizen vom heutigen Tage nochmals durchzuarbeiten.

Es war bereits später Nachmittag, als Sabine wieder zurückkehrte. Thomas las nochmals seinen Bericht, als sie in Eile das Büro betrat. „Was...?"
„Sie ist die nächste."
„Wie...wovon sprichst du...?" Sabine war aufgedreht, aber auch hundertprozentig klar und absolut überzeugt: „Bernd Schwengers Ex-Frau, sie ist die nächste. Jetzt wissen wir, wie wir das Schwein kriegen können."
Sabine legte ihre Notizen auf ihren Schreibtisch und setzte sich. Sie holte tief Luft und fuhr fort: „Dieser Mann, der sich Titus nennt, sieht sich als Kreuzritter, als Bewahrer der alten Traditionen. Ich bin kein gläubiger Mensch, und ich kenne mich weiß Gott nicht besonders gut in der Geschichte der Kirche und der Religionen aus, aber ich bin mir sicher, dass Titus ein Mann ist, der wahrscheinlich im Dienst der katholischen Kirche stand."
„Warum stand? Tut er es nicht mehr?"
„Weißt du noch, über was wir gesprochen haben, als wir zu Marie fuhren, um dieses junge Mädchen...wie hieß sie...Sandy zu treffen?"
Thomas nickte langsam.
„Er ist ein Kreuzritter. Warum gingen Männer damals auf einen Kreuzzug?" Thomas zog seine Stirn in Falten und antwortete langsam: „Um Vergebung für ihre Sünden zu erlangen?"
Jetzt war es Sabine, die langsam, aber mit Nachdruck den

Kopf nickte. „Genau. Er sucht Vergebung. Er hat etwas getan, was ihn aus dem Kreis der Erwählten ausgeschlossen hat. Und diese Tat will er durch seinen Taten sühnen. Er will Wiedergutmachung, selbst wenn er dafür ins Gefängnis wandern wird. Er hat etwas getan...er wurde vielleicht sogar exkommuniziert. Die Höchststrafe der Kirche für jemanden, der gegen das Kirchengesetz verstoßen hatte. Und Exkommunizierung bedeutet gleichzeitig, dass seine Seele nicht Vergebung finden wird...“

„...es sei denn, er tut etwas, was bei der Kirche Wohlgefallen findet und somit die Exkommunizierung rückgängig gemacht wird.“

Sabine lehnte sich jetzt zu Thomas. „Frauen, die für ihre Rechte gekämpft haben, waren den Männern der Kirche schon immer ein Dorn im Auge. Waren sie keusch und tugendsam, war alles in Ordnung. Aber Frauen, die klar ihren Standpunkt vertreten haben, wurden nicht selten auf dem Scheiterhaufen verbrannt...“

„Siehe Johanna von Orleans.“ Sabine zog die Augenbrauen nach oben. „Naja, die wurde letztendlich heilig gesprochen.“

„Aber, Sabine, das sind Ansichten aus dem Mittelalter. Die Zeiten haben sich geändert. Und die katholische Kirche hat sich geändert.“

„Ja, aber Titus ist überzeugt, dass es nicht so ist. Es geht nicht darum, was die Kirche denkt. Es geht darum, was Titus denkt. Und er glaubt, dass er mit seinen Taten Erlösung finden wird. Er hat Schwenger angerufen, damit

er über ihn schreibt. Das ist für Titus eine Art...Ehrung. Ich bin mir sicher, dass er weiß, was Schwenger erlebt hat."
„Wie soll er das herausgefunden haben?"
Sabine durchsuchte ihre Papiere und hob einen Zeitungsbericht hervor, der einige Jahre alt war. Das Bild zeigte einen jungen Journalisten mit einer hübschen, sogar sinnlichen Frau an seiner Seite. Es war kaum zu glauben, dass der attraktive Mann Bernd Schwenger war. Der Artikel handelte von einem Vortrag Schwengers über die Bedrohung von Sekten, über ihre Machenschaften, Gehirnwäsche und Manipulation.
„Wir müssen seine Frau finden – bevor sie das nächste Opfer wird."

44.

Sabine betrat das Krankenhaus und ging zum Zimmer, wo ihre Mutter untergebracht war. Als sie eintrat, sah sie, dass Heidi die Augen geschlossen hatte. Sie zog langsam einen Stuhl heran und setzt sich neben das Bett. Sie beobachtete ihre Mutter, die jetzt bald entlassen werden würde. Heidi schlief jedoch nicht, sondern bemerkte sehr wohl, dass Sabine neben ihr saß. Doch sie hielt die Augen geschlossen, um diesen Moment zu genießen.
Heidi hatte sich körperlich so weit erholt und auch der Beinbruch würde wieder heilen. Und sie hatte in den letzten Tagen viel Zeit gehabt, nachzudenken – über ihr Leben und über das ihrer Tochter. Für Sabine würde es eine Belastung sein, wenn sie zu Hause war, doch andererseits freute sie sich darauf, wieder mehr Zeit mit

ihrer Tochter verbringen zu können. Bis jetzt war es ihr nicht klar gewesen, dass Sabines Wohnung ihr neues Zuhause war. Doch in den letzten Tagen hatte sich ihre Einstellung komplett geändert. Und Heidi hatte erkannt, auf was es im Leben wirklich ankam. Sie hatte so lange ihr altes Leben vehement verteidigt, wollte es nicht aufgeben. Doch jetzt erkannte sie, dass Veränderungen nicht unbedingt Negatives bedeuteten mussten – im Gegenteil. Vielleicht war das auch ein Grund gewesen für ihre Demenz. Vielleicht hatte es nicht nur physische Gründe gegeben, vielleicht hatte sich ihr Kopf gegen alles gewehrt, was neu war. Ihr war bewusst, dass sich ihre Vergesslichkeit nicht bessern würde, doch ihre Gedanken wurden wieder klarer.

Sie öffnete ihre Augen und saß ihre Tochter an. Sabine nahm ihre Hand und streichelte sie. „Sag mal Mama, warum bist du eigentlich nie aus der Kirche ausgetreten?" Heide hob ihre Augenbrauen, die Frage überraschte sie. „Du beschäftigst dich zurzeit sehr viel mit diesem Thema." Sabine musste leise lachen. „Ich habe vor diesem Fall noch nie in der Bibel gelesen. Jetzt bin ich mitten in einer Jagd, wo der Verstand über den Fanatismus siegen muss. Aber jetzt beantworte mal meine Frage." Heide drehte den Kopf und sah die Decke an, wie so oft in den letzten Tagen. Dann sah sie Sabine wieder an. „Dein Vater hat mich nie dazu gedrängt, wenn du das meinst." Sabine schüttelte den Kopf. „Nein, aber ich verstehe nicht, dass du monatlich an eine Institution Geld zahlst in Form von Steuern, die Dich nicht wirklich überzeugt. Ich meine, mit deinem Glauben hat es ja nichts zu tun, oder?"

„Kirche ist das eine, Glaube das andere. Die erste Zeit bin ich wohl nicht ausgetreten meinen Eltern zuliebe. Sie haben das erwartet, als dein Vater und ich heiratete. Aber später habe ich dann festgestellt, dass die katholische Kirche nicht nur aus Vatikan besteht. Es gibt so wundervolle Menschen an der Basis, die es wert sind, dass ich weiterhin Teil der Kirche bin."

„Aber werden Frauen nicht diskriminiert und schlechter gestellt? Was ist mit den unabhängigen Frauen, die unbeirrt ihren Weg gehen?"

„Aber siehst du das nicht, Kleines? Es sind nur die starken Frauen, die diese Kirche tragen. Es sind Frauen, die Besonderes geleistet haben, und die unbeirrt ihren Weg gegangen sind. Aber warum fragst du mich das alles? Früher hat es dich doch auch nicht interessiert?"

„Mama, du weißt, dass ich mit dir eigentlich nicht über den Fall sprechen darf."

„Ja ich weiß." Sabine schwieg für einen kurzen Moment. Das zweite Bett in dem Zimmer war leer. Die andere Patientin war entlassen worden. Sie waren allein.

„Ich habe das Gefühl – nein ich bin mir sogar sicher, dass der Täter aus der Kirche ausgeschlossen wurde. Und durch seine Taten versucht er, sich sozusagen wieder zu rehabilitieren." Heidi nickte. „Deine Erziehung hat dich gelehrt, deinem Verstand zu folgen. Wenn dein Herz aber GOTT sucht und braucht, wenn es sich nach spiritueller Erfüllung sehnt, dann ist ein Ausschluss aus der Gemeinschaft der Gläubigen eine schwerwiegende Strafe.

Aber bist du sicher, dass dies seine wahren Beweggründe sind?"

„Ich kann es nicht beweisen, es ist nur ein Gefühl. Er scheint damit zu rechnen, dass wir ihn bald fassen. Vor dem Gefängnis hat er keine Angst. Ich versuche, zu verstehen, warum er tut, was er tut. Ich bin mir nicht mehr sicher, ob es mit Macht zu tun hat. Ich glaube, er sucht Vergebung." Heidi war keine Theologin, und sie konnte Sabines Frage nicht beantworten. Doch dann meinte sie: „Vielleicht wäre es interessant zu wissen, ob er Vergebung von der Kirche sucht oder vor GOTT. Aber vielleicht ist beides für ihn das Gleiche."

„Aber für dich ist es nicht so, nicht wahr?" Sabine drückte die Hand ihrer Mutter. Es war ein seltsames Gefühl, so mit ihrer Mutter zu sprechen. Nicht über Belanglosigkeiten, sondern über fundamentale Dinge des Lebens. Und ein Satz hatte sich deutlich in Sabines Denken eingebrannt: ...wenn dein Herz GOTT sucht und sich nach spiritueller Erfüllung sehnt. Dieser Fall, wie er auch immer ausgehen sollte, würde bei Sabine sehr, sehr lange nachwirken.

Als Sabine das Krankenhaus verließ, wartete Thomas bereits vor der Eingangstür. Sie öffnete die Beifahrertür und stieg ein. „Und, was meinte deine Mutter?"

„Ich glaube, wir sind auf der richtigen Spur. Hast du alle Informationen bekommen?" Thomas nickte. Er legte den ersten Gang ein und fuhr los. „Stell dich auf eine lange Fahrt ein."

45.
Es war bereits früher Abend und die Dämmerung hatte
eingesetzt. Die Lichter der Stadt zogen an ihnen vorbei
und verebbten schließlich, als sie die Stadtgrenze
verließen und die Landstraßen entlang fuhren. Im
Lichtkegel der Scheinwerfer erschienen nur noch
vereinzelte Häuser und Bauernhöfe. Nach einiger Zeit
kamen sie auf die Autobahn, die nach Norden führte. Ihr
Ziel war ein Gutshof in der Nähe von Cuxhaven, der an
der Nordseeküste lag. Thomas fuhr zügig, doch vereinzelte
Schneefälle zwangen ihn immer wieder, weniger Gas zu
geben.
Während Sabine im Krankenhaus war, hatte Thomas alle
Informationen, die er finden konnte, zusammengestellt. Es
wusste nicht, ob Sabine mit ihrer Vermutung Recht hatte,
aber ihre Intuition hatte sie schon so manchen Mal auf die
richtige Spur gebracht. Das Gespräch mit Ludwig Bohn
war ein wichtiger Hinweis gewesen, sollte sich Sabines
Vermutung als richtig herausstellen. Thomas konnte sehen,
dass sie sichtlich nervös und aufgeregt war, ihre Hände
ineinander verschränkte und fest zusammendrückte.
Typisch Ex-Raucher, dachte er. Wohin mit den Händen,
wenn man keine Zigarette hat? Sollte sich der Fall noch
länger hinausziehen, würde Sabine mit Sicherheit wieder
mit dem Rauchen beginnen.

Nach über zweistündiger Fahrt bog Thomas von der
Autobahn ab und folgte einer Landstraße, die sie durch das
norddeutsche Marschland führte. Es war zu dunkel, um

Genaueres erkennen zu können. Das Navigationssystem führte sie durch kleine Ortschaften, die spärlich beleuchtet waren und Straßen mit langen Baumalleen. Es waren nur noch wenige Kilometer zum Ziel. Thomas hatte sich mit der zuständigen Polizei in Verbindung gesetzt, bevor sie losgefahren waren. Als sie ihr Ziel erreichten, erwarteten sie bereits mehrere Einsatzfahrzeuge mit Blaulicht. Die Hofeinfahrt, die zum Gutshaus führte, war übersät mit Polizeibeamten.

„Scheiße, was soll dieser Auflauf?" Sabine starrte verständnislos auf die Gruppen von Polizisten. Sie hielten vor einem der Einsatzfahrzeuge an, eine junge Polizeibeamtin winkte ihnen bereits zu. Sabine stieg aus und wollte schon ihren Ärger freien Lauf lassen, als die Beamtin schnell auf sie zuging. „Kommen Sie, das müssen sie sich ansehen." Thomas folgte den beiden zum Gutshaus. Sabine konnte nur vage die Menschen ausmachen, die auf dem Gelände verteilt herumstanden. Viele weinten oder vergruben ihr Gesicht in ihren Händen. „Was um Gottes Willen ist passiert?" Die Beamtin sagte nichts, sondern schob Sabine durch die Haupttür des Gutshauses, das als „Zentrum" diente. Sie betrat einen großen Flur, von dem links und rechts Zimmer abzweigten. Geradeaus führte er direkt in einen großen Aufenthaltsraum, der wahrscheinlich der Gruppe für ihre Zusammenkünfte diente. Im vorderen Teil stand ein großer ovaler Holztisch, auf dem verstreut Bücher, Magazine, Briefe und handschriftliche Notizen lagen. Im hinteren Teil gab es eine große Sitzecke, die von Weitem zum gemütlichen Beisammensein einlud...aber nicht heute. Sabine hatte das nicht erwartet. Und sie hätte sich gewünscht, dass sie Unrecht gehabt hätte, dass ihre Vermutung ins Leere gehen würde.

Vor ihr auf dem großen Sofa saß ein Mann mittleren Alters. Der Kopf war gesenkt, die Arme nach hinten gedreht, so als ob sie auf der Rückenlehne des Sofas ruhen würden. Der Oberkörper war nackt, der untere Teil des Bauches aufgeschlitzt. Aus der großen Wunde quollen die Gedärme, die sich auf de Schoß des Opfers ausbreiteten. Unmengen von Blut verteilte sich auf den Sitzenden. Und der Täter hatte eine deutliche Nachricht auf er Wand hinter dem Toten hinterlassen, geschrieben mit seinem Blut: „Malleus Malificarum".

46.

Es war so einfach gewesen. Diese Gruppe von nichtsahnenden Tölpeln, die ihm so bereitwillig Einlass gegeben hatten. Er, der Krieger, hatte sich erst zu erkennen gegeben, als es für sie zu spät war. Und ihr falscher Prophet hatte vor ihm gesessen wie ein König, der bis zuletzt glaubte, über die Situation die Kontrolle zu haben. Erst als er ihm den Unterleib aufgeschlitzt hatte, wurde ihm bewusst, wie töricht er gewesen war. Und er – Titus – war es, der jetzt über ihn thronte.

Sein Kleinbus rollt über die dunklen Straßen zurück nach Hause. Er muss sich beeilen, um sein Werk zu vollenden. Viel wichtiger als die Bestrafung des falschen Propheten ist die Frau, die bewusstlos im hinteren Teil des Wagens liegt. Sie ist das letzte Teil seines Puzzles. Sie war vom wahren Glauben abgekommen und er würde das Ritual an ihr vollziehen.

47.
Die Mitglieder der Sekte waren nur stockend in der Lage, das Geschehene zu erzählen. Zu tief saß der Schock, den der Mörder an ihrem geistigen Führer hinterlassen hatte. Als Sabine den ersten Schrecken verarbeitet hatte, der ihr der Anblick des Verstümmelten bot, versuchte sich sich vorzustellen, was in Titus vorgegangen war. Er – der Kreuzritter – der sich als Bewahrer des Glaubens wähnte, hatte seinem Zorn freien Lauf gelassen.
Der Tote war der geistige Führer einer Sekte gewesen, die sich vom alltäglichen Leben so gut es ging zurückgezogen hatte. Eine Gruppe von Menschen, die versuchte, autark zu leben. Der Gutshof, auf dem sie lebten, bot ihnen die Möglichkeit, auf dem umliegenden Land Lebensmittel anzubauen und in den Stallungen Tiere zu halten. Sie lebten einfach, jedenfalls was die Mitglieder betraf. Sie hatten ihre Ersparnisse, ihr Hab und Gut aufgegeben, um einem Mann zu folgen, der sich selbst als Prophet sah.
Es war nicht schwer gewesen, diese Gruppe ausfindig zu machen. Das Amt für Innere Sicherheit hatte sie gelistet. Zwar waren es keine Extremisten, die dazu neigten, Selbstmordattentate zu verüben, doch der Sektenführer, der sich im früheren Leben Lothar Hinz nannte und sich mit Gelegenheitsjobs über Wasser gehalten hatte, war bereits straffällig geworden.

Die Menschen, die bei ihm lebten und ihm folgten, da sie geistige Erfüllung erhofften, hatte er um ihre Ersparnisse gebracht. Sie würden jetzt von dem Leben, was ihnen der Staat geben konnte, den ein Zurück in ein „normales" Leben war für die meisten von ihnen undenkbar.

Sabine stand lange vor dem „Prophet". Sein Mörder hatte ihn absichtlich so positioniert, als ob er gelassen und sorgenfrei auf seinem „Thron" sitzen würde. Die ausgestreckten Arme waren aber hinter der Rückenlehne mit einem Seil befestigt worden, so dass er sich nicht mehr bewegen konnte. Umso perverser erschien daher die Art, wie er getötet wurde. Titus hatte mit einem scharfen Gegenstand den Unterleib aufgeschlitzt und Lothar ausbluten lassen. Er war vor ihm gestanden und hatte zugesehen, wie das Leben aus seinem Körper wich. Da es kein Telefon im Haus gab, war niemand in der Lage gewesen, die Polizei zu rufen. Doch ein Telefon hätte nichts gebracht, da die

anderen im Raum ungläubig mit ansahen, wir ihr Sektenführer starb, unfähig, sich zu bewegen oder etwas zu unternehmen. Erst als Titus das Haus verlassen hatte, war eine junge Frau in der Lage gewesen, zu reagieren. Sie rannte aus dem Haus und lief zur Hofeinfahrt, wo gerade der Einsatzwagen parkte, der eigentlich dazu bestimmt war, auf Sabine und Thomas zu warten. Es war wie ein Schlag ins Gesicht, dass die Polizei den Mörder nur um Minuten verpasst hatte.

Sabine sah sich in den Reihen der Menschen um, die fassungslos vor dem Gutshaus standen. Sie hatte ein Foto bei sich, dass sie herumzeigte. Die meisten von ihnen reagierte nicht, vielleicht erkannten sie die junge, bildhübsche Frau auf dem Bild nicht. Sie ging zu der jungen Frau, die als erste das Haus verlassen hatte, um Hilfe zu holen. Sie schien von allen anderen den Schock am besten verarbeitet zu haben und erzählte der Polizei nochmals alles, an das sie sich erinnern konnte. Ihre Täterbeschreibung war allerdings nur unzureichend. Doch die Polizei ging sowieso davon aus, dass der Mörder sein Aussehen entsprechend verändert hatte.

Sabine zeigte ihr das Bild. Die jung Frau nickte, zeigte ihr, dass sie die Person erkannte. „Das ist die Frau des Propheten." Dann fing das Mädchen an zu weinen und stammelte nur noch. Sabine legte ihre Hand auf ihre Schulter. „Wo ist sie?"

48.

Es war bereits weit nach Mitternacht, als Thomas und Sabine vor dem Haus Bernd Schwengers standen. Als er die Tür öffnete, war er noch nicht im Bett gewesen, doch man sah ihm an, dass er geschlafen hatte. Als er in ihre Gesichter sah, wusste er, dass irgend etwas passiert sein musste. Etwas, das mit ihm zu tun hatte. Er öffnete die Tür, um sie einzulassen. Ohne ein Wort gingen sie ins Wohnzimmer, Schwenger folgte ihnen. Sie standen im Wohnzimmer und sahen sich an. Bernd's Blick ging von Sabine zu Thomas und wieder zurück. „Es geht um Brigitte, nicht wahr?" Sabine nickte.

Bernd ging langsam zu seinem Sessel und setzte sich

schwerfällig. Nach kurzem Schweigen begann er zu erzählen. Über seine Jahre mit Brigitte, seiner Frau, die immer seine Projekte unterstützte. Es war wie ein Schlag des Schicksals, dass sich ausgerechnet seine Frau, die intelligent, selbstbewusst und eigenständig war, in einen Mann verliebte, der mit falschen Predigten versuchte, Menschen zu manipulieren, wenn er ihnen das ewige Heil versprach.

Es war eine Geschichte über Täuschung und Verrat, nicht durch seine Frau, sondern durch Hinz, dessen Einfluss auf Brigitte sich immer mehr während der Recherche ihres Mannes verstärkte und dessen sich Brigitte nicht mehr entziehen konnte.

Bernd Schwenger wurde ein Opfer einer Sekte, dessen Machenschaften er zu enthüllen versuchte.

Und alles, was blieb, war ein gebrochener Mann, der sich aufgegeben hatte.

„Wie konnte das passieren?" Sabine schüttelte ungläubig den Kopf.

„Jeder Mensch ist manipulierbar, man muss nur die – sagen wir – richtige Taste finden. Lothar Hinz ist im alltäglichen Leben ein Loser, der es nicht geschafft hatte, eine ordentliche Arbeit zu finden. Doch er hatte ein sehr starke Ausstrahlung, die es ihm ermöglichte, Menschen auf andere Art zu erreichen. Brigitte befand sich irgendwann so in seinem Bann, dass sie sich nicht mehr befreien konnte – und auch nicht wollte. Ich habe sie an ihn verloren."

Sabine sah, wie eine Träne über Bernds Wangen lief. Sie
setzte sich auf das Sofa neben ihm und nahm seinen Hand.
„Wir finden Sie, das verspreche ich Ihnen. Ich kann nicht
zulassen, dass Titus ihr das antut."
Bernd sah sie mit einem verzweifelten Lächeln an. „Wie
wollen Sie wissen, dass sie noch lebt?" Doch Bernd
wusste, dass sie Recht hatte. Er wusste dass Titus diesen
Mord nicht im Geheimen verüben würde. Er würde
Schwenger mit Sicherheit informieren, wenn es so weit
war. Es ging hier nicht darum, eine Seele „zu retten", es
ging hier definitiv um Bestrafung. Und die sollte öffentlich
vollzogen werden. Bernd verstand, dass es Titus als sein
Geschenk ansah, die Schmach, die Brigitte Bernd angetan
hatte, wieder gutzumachen.

49.
Titus braucht einige Zeit, bis er endlich wach ist. Er steht
auf und geht mit schweren Schritten, noch den Schlaf in
den Augen, in die Küche der fremden Wohnung und setzt
sich einen Kaffee auf. Dann geht er zurück ins
Schlafzimmer und zieht sich legere Kleidung an, die er im
Kleiderschrank findet. Als er zurückkehrt, dringt ihm der
Kaffeegeruch in die Nase. Er füllt sich eine Tasse und geht
mit ihr ins Arbeitszimmer, setzt sich an den Schreibtisch –
und wartet.

50.
Sabine wurde durch den durchdringende Klingelton ihres
Handys geweckt. Sie hatte nur wenige Stunden geschlafen,

hatte sich nicht mehr ausgezogen, sondern war mit ihrer Kleidung auf dem Sofa eingeschlafen. Auf dem Dreiersofa gegenüber lag Thomas, der ebenfalls geweckt worden war und durch die Augen blinzelte. Das Licht im Wohnzimmer war an, draußen war es noch dunkel. Sie waren in Bereitschaft, da sie wussten, dass es jeden Moment losgehen konnte. Doch der Kaffee hatte irgendwann versagt und beide waren in den frühen Morgenstunden eingeschlafen. Doch der Schlaf währte nicht lange. Die Uhr auf Sabines Handy zeigte fünf Uhr morgens. Sie nahm das Gespräch sofort entgegen, obwohl sie die Nummer auf dem Display nicht kannte. Das Gespräch war nur kurz, doch Sabine war sofort hellwach. Sie sah zu Thomas. „Zieh deine Schuhe an, wir müssen los."

51.

Der Morgen dämmerte bereits, als Sabine und Thomas vor dem Pfarrhaus standen. Pfarrer Reim öffnete sofort die Tür, er hatte sie bereits erwartet. Sie folgten ihm in sein Arbeitszimmer und. Der Geruch von frischem Kaffee lag in der Luft. Der Raum lag in einem gedämpften Licht, das von einer kleinen Lampe am Schreibtisch ausging. Pfarrer Reim setzte sich wieder auf dem Stuhl, der vor dem kleinen Schreibtisch stand, der Kaffee in der Tasse dampfte noch. Sabine und Thomas standen in der Mitte des kleinen Zimmers und wartete, was ihnen der Geistliche zu erzählen hatte. Seine Ausführungen am Telefon waren nur kurz gewesen.

„Der Mann, den Sie suchen, war heute Nacht bei mir."

Sabine und Thomas sahen sich kurz an, dann wieder
Pfarrer Reim. „Sind Sie sicher?" Er nickte und nahm einen
Schluck seines Kaffees. Dann erzählte er weiter, zuerst
etwas stockend. „Er hat mir alles erzählt, was er getan hat
und warum, die Gründe seines Handelns."
„Aber warum kommt er ausgerechnet zu Ihnen?" Sabine
musste sich auf das kleine Sofa setzen, das im Raum
stand.
Pfarrer Reim atmete einmal tief durch und fuhr fort. „Ich
kenne ihn. Er war einst einer meiner Studenten, ein sehr
talentierter und tiefgläubiger Mensch. Aber er ist vom
rechten Weg abgekommen. Ich habe versucht, ihm zu
helfen, aber zu diesem Zeitpunkt ließ er niemanden an sich
ran und glaubte, dass er im Recht war. Ich bin ihm damals
sehr nahe gestanden, doch selbst meinen Ratschlag wollte
er nicht annehmen. Seine extremistische Überzeugung, die
er auch vor der Diözese kundtat, führte dazu, dass ihn die
Kirche exkommunizierte. Heute Nacht suchte er bei mir
Vergebung, aber auch Verständnis für das, was er tat."
„Und was haben Sie getan?"
„Das, was meine Pflicht war. Ich habe ihm Buße
aufgetragen." Pfarrer Reim starrte auf einen Punkt auf der
Wand vor ihm. Thomas machte sich einige Notizen auf
seinem kleinen Schreibblock und schwieg, darauf wartend,
dass der Geistliche weitererzählen würde. Sabine
beobachtete den Mann am Schreibtisch mit
zusammengezogenen Augen. Für eine – so schien es –
unglaublich lange Zeit – herrschte eine seltsame Ruhe in
dem Raum. Erst nach einigen Sekunden stand Sabine auf

und ging langsam zu Pfarrer Reim, der immer noch die Wand anstarrte. Als sie direkt neben ihm stand legte sie ihre rechte Hand sanft auf seine Schulter. Der Pfarrer drehte langsam den Kopf und sah nach oben, direkt in ihre Augen. Es war ein kurzer Moment voller Intimität und für Thomas schien diese Szene irgendwie unnatürlich, fast wie gestellt.

„Haben Sie ihm die Beichte abgenommen, Hochwürden?" Pfarrer Reim lächelte fast. „Nein, dann hätte ich ihnen das alles nicht erzählen dürfen, nicht wahr? Sie wissen: das Beichtgeheimnis ist heilig."

Thomas begriff zuerst nicht, worum es eigentlich ging. Seine Fälle waren normalerweise Mord aus Leidenschaft, aus Habgier, Morde zwischen befeindeten Gruppierungen und im Rotlichtmilieu. Aber dies hier war etwas anderes, unbegreifliche und unverständlich Gründe, aus denen ein Mensch anderen Menschen gewaltsam das Leben nahm.

Und dann sah er Sabines linke Hand, wie sie sich langsam hob. Der Lauf ihrer Dienstwaffe zeigte direkt zwischen die Augen des Pfarrers. Sabines Stimme war leise, aber absolut sicher und bestimmt. „Wo ist die Frau?"

52.

Es war wie ein Alptraum, von dem Thomas erwachen wollte, aber nicht konnte. Seine Kollegin stand mit ihrer Dienstwaffe vor einem Geistlichen und drohte ihm. Er wollte reagieren, vorpreschen, um seine Kollegin zur Raison zu bringen, doch irgend etwas hielt ihn davon ab. So stand er nur stumm und vollkommen überrascht im

Zimmer und sah, wie sich Sabines Fingernägel in die Schulter des Pfarrers gruben und ihn fest am Stuhl hielten. Sie stellte die Frage nur einmal, und wartete auf die Antwort. Der Geistliche schien jedoch weder beunruhigt, noch verängstigt, sondern sah Sabine weiterhin fest in die Augen. Und dann verstand Thomas auf einmal: er erinnerte sich an die Worte, die damals die junge Frau, Sandy, in Maries Etablissement sagte, als sie den Mörder kurz zu Gesicht bekam: *„Ich habe nicht sein Gesicht gesehen, aber er schaute sich kurz einmal um. Und ich sah seine Augen..."*

Der Mann erhob sich langsam von seinem Stuhl und stand jetzt Sabine gegenüber, die einen Schritt zurück zurückging, aber ihre Pistole immer noch auf ihn richtete. Sein Gesicht verriet, dass er begriff, dass das Spiel zu Ende war und steckte seine Hände in die Hosentaschen. „Es ist doch immer wieder erstaunlich, welchen scharfsinnigen Verstand manche Frauen haben." Er neigte sich zur Seite, um Thomas' Blick zu treffen. „Nicht wahr?" „Wo ist die Frau?" Sabine stand unbewegt vor ihm und wich seinem Blick nicht aus. „Und wo ist Pfarrer Reim?"

Der Angriff kam völlig überraschend für Sabine, die Hand des Mörders preschte vor und packte ihr Handgelenk mit der Waffe. Erst jetzt wachte Thomas wie aus einem Traum auf und stürzte sich auf die Kämpfenden, Sabines linke Hand mit der Waffe war nach oben gestreckt. Ein Schluss löste sich und feuerte eine Kugel in die Decke. Thomas kam von hinten und versetzte dem Mann mit seinem Fuß einen Schlag in die die Kniekehlen. Er ging zu Boden und Thomas packte seine Arme, um sie hinter dem Rücken zu verschränken. Sabine reagierte sofort, steckte ihre Waffe ins Halfter, trat zur Seite und ließ die Handschellen um seine Handgelenke einschnappen. Thomas drückte den Mann zu Boden und hielt ihn mit seinem Knie in seinem Rücken in Position. Er konnte sich nicht mehr bewegen. Sabine wusste, dass sie nichts über den Verbleib Brigitte Schwengers erfahren würden. Sie sah hinunter zu Thomas, der immer noch auf dem Rücken des Mannes kniete. „Kommst du klar?" Thomas nickte. Sabine wartete noch einen kurzen Moment, nahm ihre Waffe wieder aus dem Halfter und durchsuchte die Wohnung. Sie war klein und übersichtlich und Sabine konnte zuerst nichts finden, bis sie hinter einem Vorhang eine Kellertür entdeckte. Die Tür war verschlossen, der Schlüssel steckte nicht. Sie feuerte einige Schüsse auf das Schloss und trat die Tür ein. Holzsplitter flogen durch die Luft und Sabine spürte einen Schmerz in ihrem Oberschenkel, als sie gegen die schwere Tür trat.

Hinter der Tür befand sich eine Kellertreppe. Sabine fand einen Lichtschalter an der Wand, eine Glühbirne erhellte mehr schlecht als recht den Treppenflug, der nach unten führte.

Sie ging die Treppe hinunter und durch einen schmalen Flur, der wiederum an einer Tür endete. Sabine drückte die Klinke nach unten. Sie hob ihre Pistole und drückte die Tür mit einem Ruck nach innen.

53.

Thomas hörte die Schüsse und das Aufbrechen der Tür. Er sah hinunter zu dem Mann, der unter ihm lag und dessen Gesicht er in den Teppich des Bodens drückte. „Sie ist Ihre Vorgesetzte, nicht wahr?" Thomas reagierte zuerst nicht. Die Schüsse lenkten ihn ab. „Wie?"

„Ihre Vorgesetzte hat mich mit einer Waffe bedroht, ohne jeglichen Beweis. Ist Ihnen klar, dass ich Sie dafür anzeigen kann?" Thomas sah hinunter zu dem Mann, der ihn von der Seite her versuchte, anzusehen.

„Sie haben eine Beamtin angegriffen."

„Ja, und diese Beamtin hat mich mit einer Waffe bedroht. Was hätten Sie getan, wenn jemand mit einer geladenen Pistole vor Ihnen steht? Darauf warten, dass Sie erschossen werden?"

Thomas wusste zuerst nicht, was er antworten soll. Im Grunde hat dieser Mann Recht. Sie hatten keinen Beweis, Sabine hatte intuitiv gehandelt.

„Sie verlassen sich auf eine Frau, die keinerlei Moral hat. Hat sie Sie verführt? Meinen Studenten Markus hat sie verführt. Er hat es mir erzählt. Und wie sie ihn am nächsten Morgen bedrohte, weil er nicht nach ihrer Pfeife getanzt hat."

Thomas überlegt. Tatsächlich hat Sabine ihm von der Nacht erzählt. Aber war es so, wie sie es darstellte? Oder hatte sie tatsächlich Markus bedroht, weil sie vielleicht enttäuschte und ihr nicht das gab, was sie wollte. Thomas kannte Sabine, er wusste, dass sie sehr fordernd sein konnte. Hatte Sabine ihre Grenzen überschritten? Er schüttelte seinen Kopf. Das konnte nicht sein. Sabine wusste, was sie tat. Thomas fühlte, wie sich ein Gefühl der Unsicherheit in ihm ausbreitete. Es wäre fatal, einen Mann der Kirche zu bedrohen, der unschuldig ist. Dazu käme noch die Zerstörung von Eigentum, da sich Sabine mit Gewalt Zugang zu den Räumen im Haus verschaffte. Sie beide würden mit Sicherheit suspendiert werden, sollte sich das Ganze als Irrtum herausstellen. Thomas überlegte kurz und richtete sich auf. Er nahm den Verdächtigen den Schultern und hilft ihm, ebenfalls aufzustehen. Die beiden Männer sahen sich an.

„Selig der Mann, der nicht folgt dem Rate der Frevler.[1]"
Thomas blickte den Geistlichen verwirrt an, der fortfuhr:
„Dann aber werden sie mit Schrecken geschlagen, wie ein Schrecken nicht war. Die abtrünnig geworden – Gott hat zerstört ihr Gebein.[2]"

„Das...das ist aus der Bibel, richtig?"

„Ja. Es bedeutet, dass Sie nicht blind den Anordnungen anderer folgen sollen, sondern folgen Sie Ihrem Herzen. Umso mehr, wenn diese Anordnungen von Menschen kommen, die keinerlei Glauben an eine höhere Macht haben, und somit keine Ehrfurcht." Thomas nickte langsam, ohne seine Augen von dem Mann zu wenden, dessen Worte ihn verwirrten und doch so klar waren. „Wir gehen jetzt hinunter in den Keller, okay?"

---

[1] Buch der Psalmen, Psalm 1, 1
[2] Buch der Psalmen, Psalm 53 (52), 6

Die beiden Männer liefen die schlechte beleuchtete Kellertreppe hinunter. Sie folgten dem engen Gang, den schon vorher Sabine entlang gelaufen war. Als sie den Raum am Ende des Ganges betraten, stand Sabine in der Mitte. Sie drehte sich zu ihnen.

Der kleine Raum war eine Kapelle. Am Ende des Raumes hing ein Holzkreuz an der Wand, darunter stand ein kleiner Altar, über den ein weißes Leinentuch gelegt war. Links und rechts vom Altar waren Kerzenständer platziert, vor dem Altar standen einige Stühle, angeordnet in Reihen. Der Raum war jedoch auch Lagerstätte. Holzplanken standen an der Wand gelehnt sowie Bilder, die Ereignisse aus dem Neuen und Alten Testament darstellten. Dazwischen standen kreuz und quer dicke Folienrollen, Verpackungsmaterial, Holzkisten sowie Werkzeuge, Besen und Gartengeräte. Thomas holte einen Schlüssel hervor und schloss die Handschellen auf, die noch um die Handgelenke des Pfarrers gelegt waren. Dann ging er auf Sabine zu. Er legte seine Hände auf ihre Oberarme und schob sie sanft in Richtung Ausgang, vorbei an dem Mann, den Sabine immer noch verdächtigte. Er konnte es in ihrem Blick sehen.

Sabine blieb stehen und sah ihn an. Der Geistliche erwiderte ihren Blick. „Sabine, komm. Der Pfarrer wird von einer Anzeige absehen, aber wir müssen jetzt gehen." „Vielleicht wäre eine Entschuldigung angebracht, meine Tochter." Sabine rührte sich nicht uns sagte nichts. So standen sie einige Sekunden lang gegenüber. Dann ging

Sabine weiter, drehte sich an der Tür nochmals um uns sagte: „Hochwürden." Der Geistliche drehte sich um. „Ja, meine Tochter?"

„Ich verhafte Sie wegen Mordes in vier Fällen und wegen Entführung einer weiteren Person."

„Wie können Sie nur..." Thomas trat zwischen seiner Kollegin und dem Pfarrer, der mit wutverzerrtem Gesicht auf Sabine losging.

„Sabine, was ist los mit dir..."

In diesem Moment trat eine Gestalt hinter dem Altar hervor. Ihr Gesicht war blass und verweint, und man sah ihr an, dass sie nur mit größter Schwierigkeit aufrecht gehen konnte.

„Ist das der Mann, Frau Hinz?"

Die junge Frau sagt nichts, ihre Augen füllen sich mit Tränen. Sie nickt nur.

In diesem Moment stürzte der Mann mit seinen Händen auf Sabine, erfasste ihren Hals und drückte zu. Thomas, dessen Blick zwischen der Frau, die auf wackeligen Beinen neben dem Alter steht, auf dem sie sich abstützt und seiner Kollegin, die versuchte, ihren Angreifer abzuschütteln. Er packt den Mann von hinten und versuchte, ihn von Sabine abzustreifen, doch seine Hände waren wie feste Krallen, die sich immer enger um Sabines Hals schlungen. Ihr Gesicht beginnt bereits, rot anzulaufen.

In diesem Moment hört er von oben Schritte und Stimmen. „Hierher, hier nach unten!" Er hörte die Schritte im Treppengang und sah nur noch, wie die Arme von mehreren Polizeibeamten eingriffen.

54.

Sabine stand vor der Tür des Pfarrhauses und zog an ihrer Zigarette. Es war jetzt Tag geworden, die Luft war nicht mehr so kalt wie noch vor einigen Wochen. Es würde bald Frühling werden. Sie hatte sich von einem der Beamten eine Zigarette geschnorrt und inhalierte den Rauch. Seit Monaten hatte sie keine Zigarette mehr angefasst, doch an diesem Morgen hatte sie es mehr als nötig. Ihr Hals schmerzte, von der Umklammerung des Mörders, aber auch vom nikotinhaltigen Rauch. Thomas stand neben ihr und hatte seinen Arm um sie gelegt. In ihren Augen waren noch Tränen. Kurz davor war Bernd Schwenger eingetroffen. Sabine hatte ihn kurz nach der Verhaftung angerufen. Als er ausstieg, stand Brigitte zitternd und unsicher neben einigen Polizeibeamten. Bernd näherte sich ihr langsam. Sie ging auf ihn zu und ließ sich von ihm umarmen. So standen sie einige Zeit zusammen, eine Hilfe suchende Frau, die nicht verstand, was mir ihr geschehen war und ein Mann, der wahrscheinlich Gott auf den Knien dankte, dass sie noch lebte, egal, was zwischen ihnen gewesen war.

Thomas sah Sabine an und schaute auf ihr Profil. Er wartete, bis sie zu Ende geraucht hatte und fragte dann: „Bevor wir einen Kaffee trinken, erkläre mir doch einmal, wie du dir so sicher sein konntest, dass er," er zeigte mit dem Kopf zu dem Mann in schwarzer Kleidung, der gerade in das Polizeiauto stieg, „der Täter ist, den wir gesucht haben."

„Der Mann heißt Georg Reim."

„Es ist also doch der Gemeindepfarrer?"

Sabine schüttelte den Kopf. „Nein, der heißt mit Vornamen Martin."

„Also sind es Brüder?"

„Hmh...und nicht nur das, es sind eineiige Zwillinge."

„Und wie hast du gemerkt, dass es sich nicht um Martin Reim handelte?"

„Also mein Schatz," Sabine liebte es, für Thomas die Puzzelteile zusammenzufügen. „Du weißt, ich habe Pfarrer Reim kennen gelernt. Als wir heute in aller Frühe hier erschienen sind, waren wir beide übermüdet, darum habe ich es nicht gleich registriert. Außerdem war es draußen noch dunkel und die Wohnung ist furchtbar schlecht beleuchtet. Trotzdem hat mich eines sehr gewundert." Sabine machte eine Pause, Thomas wartete. „Der Kaffeegeruch. Jemand macht sich einen Kaffee und trinkt ihn seelenruhig. Ich hätte eher erwartet, dass ein Glas mit Cognac auf dem Tisch steht. Dann sagte er, dass er das getan hätte, was seine Pflicht gewesen sei – er hätte ihm Buße aufgetragen. Ein Pfarrer hätte ihm ins Gewissen geredet, sich der weltlichen Justiz zu stellen."

„Vielleicht meinte er das damit."

„Nein, Thomas, Georg befindet sich in einer anderen Welt, denkt in anderen Maßstäben. Als ich dann neben ihm stand und meine Hand auf seine Schulter legte, sah ich einen Brief auf dem Schreibtisch: adressiert an Pfarrer Martin

Reim, Absender Georg Reim.

„Ah," Thomas verstand nun, „daher wusstest Du, dass es Zwillingsbrüder waren."

„Ja, und ich sah in seine Augen." Thomas wusste sofort, was sie meinte. Er hatte es auch gesehen, was Sandy beschrieben hatte – das Böse in seinem Blick.

„Ja, man nennt es glaube ich auch Regenbogenhautentzündung wenn ich mich nicht irre. Eine Vergrößerung der Pupille, dadurch erschienen die Augen fast schwarz – und abgründig. Bei Pfarrer Martin Reim wäre mir das aufgefallen, aber seine Augen waren normal."

„Und von was kommt das?"

„Darüber kannst Du Dich später ausgiebig mit unserer geliebten Gerichtsmedizinerin Dr. Weigelt unterhalten." Sabine und Thomas lachten. Es schien ewige Zeiten her zu sein und es war wie eine Befreiung.

„Und Brigitte?"

„Ach ja, ich ging also hinunter in den Keller. Ich hoffte, dort etwas zu finden. Ich habe bei meinem letzten Besuch im Pfarrhaus festgestellt, dass das Haus einen geräumigen Hinterhof hat, in dem man auch ein Auto parken kann. Das ist natürlich von Vorteil. Ich musste nur noch den Zugang finden. Als ich in die kleine Kapelle kam, musste ich eingestehen, dass ich in einer Sackgasse stand. Keine Hinweise auf einen Ort des Verbrechens. Aber dann fielen mir die Folienrollen auf, die dort herumstanden."

„In die der Mörder auch die erste Leiche eingewickelt hat."

„Ja, und die er wohl laufend benutzt, um das Blut einzufangen. Und dann fiel mir beim Durchsuchen der Kapelle noch etwas auf, etwas absolut Untypisches."
Thomas überlegte, konnte aber nur den Kopf schütteln.
„Hast Du einen Lagerraum oder einen Dachboden, wo Du Sachen verstaust, die Du nicht mehr benötigst?"
„Ja, wieso?"
„Und ist es bei Dir auch so staubfrei?" Thomas starrte Sabine einige Sekunden an. Dann ließ er nochmals die Bilder der Kapelle vor seinem geistigen Auge vorbeiziehen. „Kein Staub, Du hast Recht!"
„Genau, die Gegenstände in der Kapelle waren arrangiert. Der Raum war eigentlich leer, bis auf den Altar, auf dem der Mörder seine Opfer vorbereitete und später auch wieder wusch und reinigte."
„Aber wo war die Frau versteckt?"
„Ich suchte, nach einer Tür, einem Nebenraum, irgendwas. Ich wusste, dass ich nicht viel Zeit hatte. Da fiel mir ein Schlüssel auf, der auf einer der Truhen gelegt worden war."
„Sie war in einer Truhe?" Sabine nickte. „Gefesselt und geknebelt. Es war reines Glück, dass der Mörder den Schlüssel hat auf der Truhe liegen lassen. Sie hätte keinen Mucks von sich geben können. Ich öffnete also die Truhe. Brigitte war Gott sei Dank bei Bewusstsein. Ich erklärte ihr wer ich war und bat sie, ruhig zu bleiben. Sie war total verängstigt, aber sie vertraute mir sofort. Ich bat sie, sich hinter dem Alter zu verstecken, damit man sie nicht gleich sehen konnte. Ich wollte Georg konfrontieren."

„Und das ist dir auch gelungen." Thomas zog die Augenbrauen zusammen.

„Aber was ist mit dem richtigen Pfarrer."

„Er ist meines Wissens auf einem Seminar oder einer Bildungsreise."

„Meinst Du, er weiß, was sein Bruder getan hat?"

„Ich glaube nicht. Vielleicht hatte er einen leisen Verdacht, als ich ihn zum ersten Mal besuchte. Darum wollte er uns auch nicht beraten, sondern hat einen seiner Schüler gesandt. Und darum ist er auch verreist. Aber ich denke, dass es für ihn schwer sein wird, die Tatsache zu akzeptieren, dass sein Bruder aus extremistisch religiösen Gründen gehandelt hat. Wir werden ihn dazu befragen, falls er überhaupt mit uns sprechen möchte."

Sabine zog ihren Mantel enger um sich, sie fröstelte.

„Komm," Thomas zog sie vom Pfarrhaus weg. Wir gehen jetzt einen Kaffee trinken."

Epilog

Die Sonne verbreitete ihre letzten warmen Strahlen des Spätsommers. Heidi Beckmann saß an diesem Nachmittag auf der Terrasse. Ihr Bein, das zwar gut verheilt war, aber immer wieder etwas schmerzte, hatte sie hochgelegt. Sabine brachte ein Tablett mit zwei Gläsern Eistee nach draußen und setzte sich zu ihrer Mutter. Heidi legte das Buch beiseite und nahm eines der Gläser.

„Ich habe vielleicht eine neue Wohnung gefunden, die

größer und geräumiger ist wie diese hier. Dann kannst Du endlich Deine ganzen Sachen auspacken und aufstellen, so wie es Dir gefällt."

„Willst Du wirklich, dass ich bei Dir bleibe."

Sabine lachte herzlich. Das tat sie in letzter Zeit sehr oft, so als ob sie es wahnsinnig vermisst hätte. „Ja, ich möchte, dass Du bei mir bleibst." Heidi drehte sich im Stuhl, so gut sie konnte, und sah durch die Terrassentür in das Wohnzimmer. Überall hingen kleine gelbe Zettel, die ihr halfen, sich an Dinge zu erinnern. Sabine nahm ihre Hand. „Wir kriegen das schon hin." Dann sah sie auf das Buch, das Heidi auf den kleinen Gartentisch gelegt hatte. Der Titel hieß: *Wenn die Seele erblindet.*

„Und ist es gut?"

„Es ist sehr gut. Dieser Schwenger ist ein hervorragender Journalist."

„Ja. Ich hätte nicht gedacht, dass er tatsächlich ein Buch über Titus, das heißt Georg Reim, schreiben würde."

Heidi nickte bedächtig. „Er hat es sehr gut gemacht. Mit sehr viel Einfühlungsvermögen und auch vielen hilfreichen Informationen über die geschichtliche Entstehung der Hexenjagd im Mittelalter." Sabine hatte Bernd Schwenger seit dem Tag im Pfarrhaus nicht mehr gesehen. Aber sie hatte viel über ihn gelesen. Sein Buch hatte sehr gute Kritiken erhalten und sie war sich sicher, dass er dafür eine literarische Auszeichnung erhalten würde. Sie hatte auch erfahren, dass er seine Stelle beim Tagblatt gekündigt hatte und sich wieder ganz auf Recherchen und Enthüllungen konzentrierte.

„Trifft er sich mit seiner Frau, ich meine Ex-Frau?"
Sabine schüttelte den Kopf. „Seine Frau ist in der
geschlossenen Abteilung der psychatrischen Anstalt. Sie
darf keinen Besuch empfangen. Ich meine, sie musste mit
ansehen, wie ihr zweiter Mann mehr oder weniger
abgeschlachtet wurde. Wie soll sie das jemals verkraften?
Außerdem lebte sie einige Jahre in einer Sekte, fernab der
„normalen" Realität. Nein, ich denke nicht, dass sie jemals
wieder ein normales Leben führen kann."
Heidi Beckmann nahm das Buch wieder in die Hand und
betrachtete den Einband. „Warum hat Schwenger ein Buch
über diesen Mann geschrieben?"
„Ich denke, dass ist seine Art, mit der Vergangenheit fertig
zu werden."
Heidi nickte. „Ja, das müssen wir alle." ∎

- ENDE -

Herstellung und Verlag:
BoD - Books on Demand, Norderstedt
ISBN 978-3-7386-5129-4